La Menace

Yann Queffélec

La Menace

FRANCE LOISIRS
123, boulevard de Grenelle, Paris

Pour Alan
Léonore
Malo
Mes enfants chéris

© France Loisirs, 1993
ISBN : 2-7242-7730-9

I

VINGT FRANCS c'est vingt francs. T'as déjà un vrai billet, pour vingt francs, avec la gueule d'une célébrité. Tu nourris un clochard un mois, si t'es pas manchot. Et puis quand on est môme et qu'on s'est crevé sang et eau la paillasse, on veut pas se les faire piquer, on veut pas ! Ni par sa mère ni par son frère ni par la société. Chacun son fric.

Et quand on est nègre, alors, j'te dis pas.

Et quand on sort d'une institution publique où on veut pas retourner, c'est juré ! On serre les dents comme un rat. On lâche pas son fric.

Ce soir il tiendra parole.

Mademoiselle Irsch elle payait Charlie des clopinettes, mais Charlie s'en foutait. Clopinette après clopinette, le pognon devient pognon. Il finirait par l'avoir son habit rouge de basketteur amerloque, et plus tard le survêtement qui fait huit cents francs moins la réduction du collège au supermarché des Olympes. Si bien qu'il allait tous les lundis soir galérer chez Mademoiselle Irsch, après la classe, et le boulot d'une fois sur l'autre était toujours aussi chiant mais il ne variait pas. Et lui, sans ronchonner, il abattait la besogne ingrate : astiquer les poignées de cuivre et les couverts en argent, épousseter les moutons sous les meubles où la femme de ménage ne fourre jamais son nez, brancher les tapettes à souris, émietter les croûtons pour les piafs, descendre les poubelles. Mademoiselle Irsch elle était aveugle du troisième âge et elle se rendait compte au toucher si les poignées étaient bien frottées, si les couverts brillaient, s'il avait tout rangé dans les bons casiers du bahut. Et comme elle ne savait plus à quel saint se vouer pour lui trouver ses vingt francs de boulot, elle avait ressorti d'un carton les soldats miniatures de Napoléon, qui dataient d'une époque où le café Mio les mettait à l'œil dans ses paquets moulus.

Quand il s'emmerdait trop à les peindre, en respectant les documents, et que ça débordait sur le feutre vert de la table de bridge, Charlie serrait aussi les dents comme un rat. C'était grâce à Napoléon qu'il aurait sa tenue de basketteur amerloque. Grâce à tous ses petits soldats. Grâce aux organisateurs du café Mio. Grâce à tous ces gens-là qu'il pourrait soupeser un jour les nibars de Rita, la serveuse de la librairie *le Monde et ses Publications.* Et fallait pas oublier Mlle Irsch qui voyait rien et qui voyait tout, comme une aveugle extraterrestre. Et même quand il avait les boules, elle le voyait.

Au pavillon ça les trouait, les vingt francs du lundi soir, excepté Monsieur Bob qui cachait bien son jeu devant la télé. Charlie devait payer à Mado l'autorisation d'aller galérer chez Mlle Irsch, et il coupait la poire en deux tous les lundis. Dix francs pour lui dix francs pour elle. Avec les dix francs, ça dépendait. Quand elle ne titillait pas les milliards du Loto, elle sifflait un ou deux ballons de sylvaner au comptoir et ça la rendait bourrée pour un moment. Ensuite elle chialait plus encore qu'elle n'avait bu. Les autres dix francs, Charlie les mettait sur son livret A d'écureuil junior. Elle disait qu'elle serait riche avant lui, et côté richesse il n'en doutait pas. Il la prenait déjà pour un sac à poivre, à l'Institution. Il pensait qu'en France on ne peut pas adopter un Noir, ou un blême, si l'on n'a pas des millions sur son livret d'écureuil du troisième âge. C'est ce qu'ils disent, à l'Institution, les monos. Les gens qui vous adoptent ils en ont plein les poches : ils ont des maisons, des chauffeurs, des lévriers afghans, des serveuses à nibars gratuits, la télé couleur dans les toilettes, ils ont des jeux électroniques américains mieux qu'au Malibu-Vidéos, mais ils n'ont pas d'enfant malgré les attouchements et pénétrations. Le tout c'est d'être adopté par les sacs à poivre. Un orphelin sur trois cent mille, et les plus durs à caser c'est les Noirs. A cause de l'épidémie sexuelle et du racisme ambiant.

Il n'avait pas dix ans depuis sept jours, Charlie : dix ans d'institution publique et dix ans sur les bougies, quand les sacs l'avaient choisi. Il s'attendait à une vraie maman : il avait Mado. A une chambre : il avait un sous-sol aménagé qui sentait la résine. Une bagnole ? Il avait Ferblantine, la 4L. Un chauffeur ? Mado conduisait. Faut dire qu'un chauffeur au volant d'une caisse aussi pourrie, ça n'aurait pas fait sérieux, même un Noir. Une maison ? Il en avait une aussi. En banlieue, chez sa mère, on disait : pavillon. C'est moins riche qu'une maison, ça sent pas si bon, mais il y a quand même la télé couleur et dans les toilettes on entend tout. Son père était un ancien pompier qui n'ôtait jamais sa casquette de pêcheur, et pareil devant la télé. Tout le monde lui disait Monsieur Bob. Il disait fiston à Charlie. A table il posait la main sur celle du garçon, et si Mado rouspétait, il retirait sa main. Sans doute qu'il se brûlait. Il la remettait quand c'était fini.

Il avait tout prévu, Charlie, pendant les dix ans, tout sauf Éric, le skinhead, leur fils. Normalement les sacs à poivre ils en ont pas. Un vrai fils de dix-huit ans. Pas un enfant d'institution, pas un Noir du Zaïre : un Blanc, un blême. Plus rose que blanc, d'ailleurs, surtout l'hiver. Avec un prénom trafiqué. Érik au lieu d'Éric, le seul mot qu'il écrivait sans faute, le skin. Éric, ça fait pavillonnaire et tristounet, ça fait fils de Monsieur Bob et Mado, ça fait magasinier du Franprix, ça lui ressemble trop. Érik : ça fait Malibu-Vidéos, skinhead justicier du groupe Zyklon, ça fait presque inventeur autrichien du Glock 17, le flingue anti-métèque des policiers municipaux qu'il essayait d'avoir par son réseau secret. Éric, ça fait canne à pêche, Érik ça fait Glock.

Et surtout ça fait pas frère de Charlie, le nègre adoptif de l'Institution.

Le premier jour qu'ils s'étaient vus, le skin boitait. Il avait une béquille et le bras tenait avec une écharpe autour du cou. C'était pas vraiment sa faute, il était tombé de Mobylette en voulant renverser un indésirable de la cité des Mésanges. On distinguait du premier coup qu'il était maigre à faire peur, y compris les oreilles décollées, les doigts serrés comme les marionnettes et une gueule de méchant guignol avec les yeux à plat tout luisants, passés à l'huile de vidange. Au centre ils étaient bleus mais fallait s'approcher tout près. Pour accueillir Charlie, il avait bardé son blouson vert d'insignes de reconnaissance entre skins. Et par-derrière son pantalon flottait sur des fesses de vieille fille. Il avait des chaînettes aux fesses, pour attacher son peigne et son portefeuille et une chaînette à l'avant pour le zizi. Et ça flanquait les foies un tel attirail sur un skin aussi maigre, un peu comme un couteau dans un étui géant. De couteau, par ailleurs, il en avait un nazi qui n'était plus réglementaire du fait des contrôles dans le métro, et il avait une baïonnette atomique en chaleur, reconnue pour ses blessures cruciformes qui ne cicatrisaient pas, surtout si tu rajoutais du sucre dans la plaie. La baïonnette il ne la sortait plus du pavillon, mais le couteau nazi il l'emmenait sous son bras dans les boîtes et dans les bals où ça craint vilain côté métèques.

Lui aussi, les vingt francs de Mlle Irsch gagnés par Charlie, il les voulait. C'était la loi skin. Il encaissait à Néry les taxes de pollution métèque et le nègre devait payer comme un autre à sa place ou subir le châtiment. Charlie ne payait pas. Et tous les lundis soir, depuis un mois, il se faisait allumer par les skins en rentrant chez lui. Au début c'était pas bien méchant. Il se mangeait quelques baffes et des vannes sur les Noirs qui puent et qu'on renverrait tous jouer du tam-tam dans les cocotiers. Il arrivait au pavillon trempé de bière, hirsute, humilié, mais il avait l'habitude et ça durait pas. Sa mère lui passait un savon. D'où tu sors ? Dans quel état ? Qu'est-ce que tu sens ? T'es qu'un brodeur, Charlie, c'est marqué sur ta fiche. Drôlement vicieux, quand on est zaïrois, d'accuser les Français de racisme. Le plus raciste, c'est toi, cochon ! Il voulait quoi ? Leur attirer des ennuis ? Les brouiller avec les voisins ? Pour la peine il irait se coucher sans se laver et sans manger. Pour la peine !... Il n'entendait que ces mots-là : pour la peine... « Et n'oublie pas Charlie. T'es pas chez toi, ici. T'es qu'à l'essai. » Et plus il se faisait engueuler plus il pensait qu'elle était une sainte, et moins il voulait obéir au skin et à tout le monde. A force qu'elle soit une sainte, Mado, il allait devenir une ordure. Il se couchait. La porte claquait au-dessus de lui. Éric venait de rentrer. Double part de grillados pour le skin.

Et la sienne, de peine, elle en faisait quoi ? S'il disait la vérité sur les attaques du lundi soir, elle le regarderait comme un être malfaisant qu'il fallait renvoyer d'urgence à l'Institution. Il l'entendrait téléphoner. Elle dirait à Monsieur Valentin que ça n'allait pas avec Charlie, que malgré les efforts de tout le monde il ne s'adaptait pas à la famille. Il avait souvent l'impression qu'elle appelait pour de faux. Il avait envie de lui arracher le téléphone des mains et de crier : « C'est bien vous Monsieur le Directeur ? Vous pouvez le jurer ? » Mais il restait planqué près du fauteuil où Monsieur Bob lisait *le Parisien*. Elle raccrochait. « Tu étais mieux là-bas, Charlie. Tu t'agites, en famille, tu ne t'habitues pas. C'est mauvais pour ta croissance. »

De toute manière, il ne retournerait jamais à l'Institution, c'était juré. Là-bas on a l'impression d'être un nègre, au sens le plus affreux, même si les monos sont gentils. Quand il a peur il n'y a personne et quand il en a marre on lui montre les photos des gosses de Médecins du monde. Ils ont froid, un gros bide, rien à manger, ils se font dévorer par les bêtes. Est-ce que t'as froid, Charlie ? Est-ce que t'as faim ? Est-ce que les bêtes t'ont mangé ? Les voix des monos, il ne veut plus jamais les entendre résonner entre les parois du corridor qui traverse l'Institution comme un boyau déroulé. Il aime encore mieux les skins.

N'empêche qu'il a peur, ce soir, en rentrant de chez Mademoiselle Irsch. Peur à mourir et peur d'être assez con pour ne pas payer. Mais qu'est-ce que c'est vingt francs, quand on en gagne cinq mille du mois au Franprix, et qu'en plus on prend l'argent dans les poches des métèques où il n'a rien à faire ?

Il habitait 6, allée Ducouëdic, à l'entrée de Néry-Village. Il arrivait à pied de Néry-le-Neuf, le coin des cités-dortoirs, à travers un dédale de rues à peine éclairées. La dernière c'était le passage Hirtoff, une grille aux deux bouts. Il ne mesurait pas cent mètres. D'un côté il y avait les habitations avec le café Gino tenu par un rital, et de l'autre une façade crevée qui donnait sur un îlot insalubre où les sans-abri dormaient dans des cartons. Les skins l'attendaient planqués chez l'Italien. Il avait beau raser le mur et se baisser, il se faisait choper au milieu du passage où c'est juste une loupiote au néon sur un pylône électrique. Ça faisait deux soirs qu'ils l'emmenaient derrière la façade, deux soirs que Charlie pissait dans son froc et se croyait mort pour de vrai.

A neuf heures il franchit la grille du passage Hirtoff et s'arrêta fatigué, la trouille au bide. La lumière brillait chez Gino. Ça faisait une auréole sur le trottoir. Personne ne promenait son chien. Charlie donna un coup de pied dans une poubelle et le bruit s'échappa comme un fou, longea la vitrine du rital et mourut là-bas entre les barreaux de la grille en face. Éric l'avait oublié. La dernière fois il s'était dit pareil et les skins l'attendaient le nez contre la vitrine, complètement pétés.

Charlie se remit à marcher en sifflotant *la Marseillaise*. Cinquante mètres à franchir. Une rigolade pour un gamin de onze ans surnommé fend-la-bise au collège. Ses pas ne faisaient aucun bruit, son cœur battait. Encore trois minutes et il mangerait ses grillados à la cuisine. Il boirait son verre de lait. Un quart d'heure et il se mettrait au lit avec ses illustrés des Passagers du vent. Les nibars sont gratuits mais c'est du papier. Et si ça bougeait il n'avait qu'à prendre la fuite et à retourner sonner chez Mademoiselle Irsch. Au moment d'arriver au café Charlie s'élança comme si toutes les filles du collège hurlaient son nom dans les gradins un jour de match, comme si sa vraie mère du Zaïre l'attendait à la grille, au bout du passage, entre des frères et sœurs qu'il n'avait jamais vus. A peine s'il distingua les crânes roses des skins massés derrière la vitrine embuée. Qu'ils essaient de le rattraper, ces pédés ! Il n'était plus Charlie Sanzor de l'Assistance publique, le nègre adoptif, il était un dieu noir peint sur une bouteille de Coca, l'idole des filles et de Rita, la serveuse de la librairie *le Monde et ses Publications*. Les hourras lui brûlaient la tête.

Et soudain Charlie se rétama dans une flaque d'huile qui n'était pas là par hasard. Il resta plusieurs instants sonné sur l'asphalte et, quand il rouvrit les yeux, un skin hilare lui pissait dessus.

« C'est moi qui l'ai réveillé. C'est moi le meilleur. »

Ils étaient cinq ou six, la boule à zéro, des gueules d'animaux tueurs, plus sinistres encore à la lumière du néon. Il entendit s'abaisser le rideau de fer du rital.

Éric lui posa son soulier sur la poitrine et il appuya si fort que Charlie faillit tourner de l'œil. « Alors, le nègre ? Tu voulais pas payer ce soir ? Debout. »

Tandis qu'il essayait de se relever, l'un des skins le repoussa violemment en arrière et il s'étala de nouveau.

« Ben dis donc, le nègre. Tu tiens pas sur tes cannes à sucre. On t'a dit : debout ! »

Charlie obéit.

« Barrons-nous, dit Éric, c'est plein de rats dans son genre en train de mater. »

Il considéra les volets clos des pavillons qui bordaient la rue. « Appelez les flics, bande de rats, ou descendez si ça vous plaît pas. » Il éclata de rire et rota. « Les flics municipaux, c'est du pareil au même. Des rats !... » D'une poche il sortit une bouteille de bière vide et la lança contre une façade où elle se brisa. Dans le même mouvement il se retourna pour donner une claque molle à Charlie dont les dents s'entrechoquèrent. Il le saisit par les oreilles. « Eh le nègre, murmura-t-il en approchant son visage du sien. Ton sursis est expiré... »

Charlie tremblait sans répondre. Il entendait les skins ricaner, et, rien qu'à les entendre, il se sentait sale et condamné.

« Tu frimes, fumier. Tout à l'heure tu vas cracher tes yeux, tellement tu fouetteras. »

Éric lui passa des menottes et sur les menottes il accrocha le mousqueton d'une laisse de chien qu'il s'enroula autour du poignet. « Du matos nazi. C'est toi qui l'a payé, le nègre... Allez on y va. Les rats sont foutus d'appeler les rats. »

Traîné le long du mur par le skin, Charlie sentit qu'il inondait son pantalon. Le piétinement des chaussures cloutées résonnait démultiplié dans l'impasse. Aucune bagnole ne passait, aucun chien n'aboyait. S'il appelait au secours les gens enfouiraient leur tête sous leurs oreillers. On le fit passer par une fenêtre de la façade en ruine. De l'autre côté ça puait. C'était par là que Monsieur Bob venait jouer aux boules avec le coiffeur.

Il reçut un coup de pied aux fesses quand il demanda

où on l'emmenait. Il dit qu'il voulait partir, cessa d'avancer. Au deuxième coup de pied la douleur le fit hurler. En guise de cagoule on lui mit sur la tête un sac poubelle, et, quand il reprenait son souffle, le plastique lui rentrait dans la bouche. Il se laissa tomber sur place. Les skins le portèrent sous les bras et sous les pieds. Charlie fermait les yeux à l'intérieur du sac. Le piétinement résonnait comme s'ils étaient des milliers. Il eut une sensation de fraîcheur lorsque le sac lui fut arraché du visage et il respira comme une odeur de goudron. D'abord il se crut dans un champ baigné d'ombre, et juste après il vit les lignes enchevêtrées des rails luisant à l'infini. Un signal violet s'allumait et s'éteignait, au loin.

« Eh le nègre ! dit Éric, t'es en retard, alors magne-toi. Le Bordeaux-Paris passe dans cinq minutes.

– J'ai neuf heures douze, annonça l'un des skins, l'œil sur son poignet.

– Ça laisse trois minutes pour bavarder avec un futur nègre en moins. »

C'était vrai qu'il allait passer, l'express. Charlie l'entendait chaque soir de son lit. La terreur lui clouait le bec. Il se tortillait et gémissait « Fais pas ça, fais pas ça », tandis qu'on l'attachait sur les rails.

« Et récupérez les menottes, les gars, c'est précieux. Un souvenir de mon frangin noir. »

Éric le toisa.

« Jure sur la Bible que tu es un sale fumier de nègre qui pue.

– Mais ouais, je jure.

– Dis les mots. »

Charlie jura qu'il était un sale fumier de nègre qui pue. Il prêta serment sur la Bible et sur les skins autant de fois qu'Éric l'exigea.

« Encore un coup, dit Éric. Jure que tu hais tous les métèques de ta race.

– Je le jure, gémit Charlie, une espèce de conviction

désespérée dans la voix. Détache-moi, s'il te plaît. Pourquoi tu fais ça ?

– Tu le sais foutre bien... »

Éric se pencha vers lui, les mains en appui sur les genoux. « Toi c'est pas grave, c'est la reproduction, la gravité. Avec un nègre, toi, t'en fais dix. C'est eux qu'on va éliminer ce soir. Toi tu comptes pas.

– Neuf heures quinze, annonça le skin à la montre-bracelet. Le train ne va plus tarder. »

Éric se redressa et il croisa les bras. « Il est en retard, ce pédé. Ça doit être un nègre qui conduit. »

A ce moment-là Charlie ressentit sous la nuque une vibration qui s'accompagnait au loin d'un grondement régulier. Tournant la tête il vit au-dessus du reflet chatoyant des rails deux yeux blancs très ronds qui grossissaient à chaque seconde, au fur et à mesure que le bruit s'amplifiait. Les yeux bougeaient avec lenteur, tantôt plus à droite et tantôt plus à gauche. Une ombre courait avec eux sur les rails et, bientôt, Charlie reconnut la silhouette d'une locomotive lancée dans la nuit. Il hurla.

II

« C HARLIE », cria la mère.
Il bondit de son lit et monta l'escalier du sous-sol qui donnait dans la salle à manger cuisine et salon. Le couvert était mis. Monsieur Bob regardait les informations, soudé au fauteuil avec son faciès de musée Grévin. La mère, à la cuisine, avait le nez dans ses casseroles et on ne savait pas bien si c'était elle ou la cocotte qui sifflait.

« Ton père veut te parler.
– Il regarde la télé.
– Il va couper le son, n'est-ce pas, Monsieur Bob ? fit-elle sans se retourner. Et il va parler à son fils. »

On entendait, venant de la chambre d'Éric, les harmonies entraînantes des chœurs de la Wehrmacht.

« Demande-lui pour hier soir, à Charlie. Énerve-toi un peu, s'il te plaît !
– Ah ouais. »

Il était bien réglé, leur numéro. Monsieur Bob posait les questions, mais les réponses de Charlie c'était pour Mado. Elle intervenait quand ça lui chantait. Charlie savait aussi que derrière la porte, au fond, le skin écoutait. Tout le monde le savait. Le trou de la serrure il n'était pas vide. Dedans il y avait l'œil du skin. Éric tirait les ficelles et quand il n'était pas d'accord il tapait du pied.

« Eh ouais, dit Monsieur Bob après avoir éteint la télévision. Tu nous en fais voir dis donc. »

Il cherchait dans la pièce où poser son regard. Il se raclait la gorge et sa voix lui restait en travers du kiki. Faut dire que c'était rien qu'une voix pour engueuler Charlie sans l'engueuler en lui faisant comprendre, à lui seul, qu'il ne devait pas se biler pour si peu. De Monsieur Bob Charlie n'avait rien à cirer. Son angoisse, elle filait tout droit derrière la porte et, sans blague, à la pensée que l'œil du skin était rivé sur lui par le trou de la serrure, il faisait dans son ben, il avait envie de dégueuler son âme entre ses pieds.

« Alors ça vient ? dit Mado.

– Ah ouais, reprit Monsieur Bob. Dis donc, Charlie, c'est pas du gâteau l'adoption, avec un zèbre pareil.

– Il est qu'à l'essai, cria Mado. Au fait ! »

Dans la chambre du skin la musique cessa brusquement et l'on n'entendit plus que le sifflet de la cocotte sur le feu. Le cœur de Charlie battait. C'est joli, la musique nazie, c'est plus joli qu'une cocotte. Ça donne envie d'aller au pique-nique. Sauf que dans leurs chansons, ils se bouffent des métèques.

« Ne mens pas, dit Monsieur Bob. Qu'est-ce qui s'est passé hier soir ? Avec qui t'es-tu encore battu ?

– Personne, souffla Charlie, et le bras tendu le long du corps il faisait signe avec l'index qu'il ne pouvait pas en dire plus.

– Oh le cochon ! » fit Mado.

Monsieur Bob enchaîna comme s'il ne voyait rien et d'ailleurs il ne voulait rien voir. « Tu te rappelles ce qu'a dit le psychologue le jour de ton départ de l'Institution ?

– Non.

– Cochon menteur », lança Mado.

A l'école il avait réponse à tout. Au pavillon réponse à rien. Et moins que rien si le skin l'écoutait. A l'école il l'ouvrait. Motus au pavillon. A l'école, quand il ne savait pas, il improvisait. La fable se déroulait à travers les mots retenus et les mots inventés par Charlie, et la cigale ayant

16

chanté tout l'été pouvait aussi bien continuer à perpète. Il allait toujours au tableau réciter les fables, et tant pis s'il passait pour un lèche-cul. Celle qui lui retournait les sangs d'émotion, c'était les deux pigeons qui s'aimaient d'amour tendre. Celle qui lui flanquait la trouille, c'était le Loup et la Cigogne. À cause de sa fable à lui, tous les soirs, au pavillon : le nègre et le skinhead.

« Alors comme ça tu te rappelles pas ! répéta Monsieur Bob.

– Non. »

Le psychologue avait dit à Charlie que la société française lui donnait une chance inouïe, c'est tout. Charlie pouvait le jurer. Il l'avait juré. Mais d'après les monos sa parole ne valait rien. Sur sa fiche de conduite, à la mention franchise, on pouvait lire : tendance à broder. Ça n'a pas grand-chose à voir avec la dentelle. Un brodeur c'est un menteur.

« Le psychologue a dit, récita Monsieur Bob en faisant une boucle avec le pouce et le majeur, il a dit qu'on te prenait à l'essai.

– J'me rappelle pas.

– Menteur.

– C'est pas d'ma faute si j'me rappelle pas.

– Ah oui, dit Mado. Et pour hier soir non plus, tu te rappelles pas ? »

On entendit un raclement derrière la porte et il n'y eut plus un bruit dans la pièce. Le regard de Charlie croisa par hasard celui de Mado.

« Ça peut plus durer, dit celle-ci. J'appelle l'Institution demain. »

C'était méchant et suppliant, dans ses yeux, ça faisait peur et pitié, comme sa voix. Charlie baissa la tête et se gratta sous le nez. « Ça me revient, pour hier soir, soupira-t-il. Et aussi pour le psychologue de l'Institution. C'est pas ma faute si j'ai tendance à broder.

– Tu ne broderas pas longtemps, cochon ! Maintenant

va chercher ton frère. Tu vas tout nous raconter. Je veux qu'il t'entende, lui aussi. Ça t'apprendra à mentir. »

Les genoux tremblants, Charlie traversa la pièce et il entrebâilla la porte. « Éric, fit-il dans le noir, faut venir dîner. » N'obtenant pas de réponse, il alla jusqu'à la chambre au bout du couloir. « Faut venir dîner », redit-il, le cœur sur les lèvres. Il vit le skin en travers de son lit, les mains jointes et les yeux fermés sous un drapeau noir à tête de mort et croix gammée, dans une pénombre funéraire de pharaon nazi. Il y avait une odeur de cigare éteint. La musique jouait en sourdine les airs du bon vieux temps : le bon vieux temps des ogres du IIIe Reich, dont les photos et décorations tapissaient les murs.

Le skin glissa une main sous l'oreiller et, quand il la retira, elle imitait la forme d'un pistolet. Il pointait un minuscule index sur Charlie sans ouvrir les yeux. « Au premier pet j'te cloue... » Et soudain Charlie sentit qu'Éric l'épiait entre ses paupières. Il eut peur et il se détesta.

Le dîner commença. Éric faisait semblant de regarder la télévision entre Monsieur Bob et Charlie qui s'ingéniait à la boucler dans son coin. La mère jactait par-dessus la télé. « Mais tu la tais, ta gueule ? » aboyait Éric. Dès qu'il y avait un creux, elle oubliait la consigne et c'était reparti, elle s'épanchait, d'une petite voix qui se faufilait partout comme le crachin.

Charlie crève de faim. Il tend la main vers le plat et sa mère lui donne une tape.

« Non mais dis... tu mangeras quand t'auras avoué.

– J'ai faim.

– T'as qu'à bouffer ta morve », lança Éric sans bouger. Il a les bras croisés, les manches roulées pour montrer ses tatouages. Monsieur Bob se met à rire. Lui aussi regarde la télé.

Mado répète à Charlie pour la centième fois qu'elle veut bien lui échanger un grillados contre la vérité. Plus il attend plus il mangera froid. « Alors, pourquoi tu es rentré si tard ?

18

– Quel mouilleur, fait Éric. C'est bien les nègres !... »

Rire de Monsieur Bob. Charlie se sent les mains moites et il se déteste à nouveau.

« Des gens m'ont attaché sur les rails, annonce-t-il en fixant des yeux son assiette vide.

– Rien que ça, fait Mado. T'es menteur, mais t'es pas béni ! Cochon. »

Charlie redit entre haut et bas, d'une voix butée : « Des gens m'ont attaché sur les rails de l'express Bordeaux-Paris. Et l'express est passé. »

Le skin attrape la télécommande et coupe le son. « Et qu'est-ce que tu fous là si l'express t'est passé dessus ? »

Le silence fait mal aux oreilles. Monsieur Bob enlève sa main de celle de Charlie.

« Alors Charlie ? » dit Mado, mais celui-ci n'arrive plus à parler tellement son cœur bat.

Éric se penche vers lui sur la table entre ses avant-bras étalés, maigres et couverts des slogans tatoués du groupe Zyklon. « Eh le nègre ?... regarde-moi. Qui t'a attaché ? Regarde-moi. » Charlie s'interdit d'obéir. Si les yeux d'Éric entrent dans les siens, il est fichu.

« Des gens.

– Quels gens ? Regarde-moi.

– J'me rappelle pas. C'était la nuit. » Fait-il dans un murmure inaudible.

Éric se met à crier de sa voix métallique étouffée, prenant ses parents à témoin : « Vous l'entendez ?... Le nègre est en train de m'accuser. Le nègre est en train d'accuser un Blanc. Vous avez vu comment qu'il m'a regardé ?... Tu vas les bouffer, tes yeux. C'est ça que tu vas bouffer. »

Mado jette à son fils des coups d'œil furtifs. Elle a des ébahissements soudains qui lui font hausser les sourcils en pinçant les narines. On croirait qu'elle est payée pour de telles mimiques. Elle prend soudain la parole et dit qu'elle n'arrive pas à un an de la retraite pour se laisser gâcher la vie par un métèque de onze ans. Ce qui s'est passé hier soir, elle le sait. Charlie ne va chez Mademoiselle Irsch que pour claquer son fric au Malibu-Vidéos. Ensuite il ne sait plus quoi inventer. Monsieur rentre les poches vides, il s'est roulé dans la mouise et les trains l'ont écrasé. « Je me trompe, Charlie ?... »

Alors qu'il s'apprête, non pas à protester, mais à signaler d'un soupir qu'il s'interdit toute protestation dans un pareil climat, Charlie ressent sous la table un contact insistant. Sa mère lui fait du pied. Une fois, deux fois. Il l'observe en douce. Elle est laide, sensuelle, usée. Quelquefois elle est gaie. Le rire s'élève des régions voluptueuses de Mado qu'il ne soupçonne pas. Il a soudain pitié de ce visage tramé par les tics et du hibou sournois qui regarde à travers ses yeux. Que peut-il bien voir, le pauvre ?

« Alors Charlie ? »

De la tête il fait oui, les yeux à nouveau baissés.

« Tu reconnais Charlie ? »

De la tête il fait oui...

« Cochon, dit la mère, et sa bouche tremble d'énervement. Cochon menteur... » Elle pousse la poêle dans sa direction. « Allez mange tes grillados. Ils sont froids.

– Non, dit le skin. Manquerait plus qu'il mange. Pourquoi il mangerait ? »

Mado hoche la tête avec approbation. « Manquerait plus, en effet. Puisque c'est comme ça va te coucher, menteur !

– Non, dit le skin. Je veux qu'il reste et qu'il nous regarde manger. C'est trop facile sinon.

– Ça t'apprendra », renchérit Mado.

Devant Éric elle menait toujours la vie dure à Charlie, dans toute la maison, comme si les murs avaient bel et bien des oreilles et l'espionnaient pour le compte de son fils. Elle faisait trêve la nuit, quand Éric sortait avec ses pairs, et trêve le mercredi, jour de marché. Charlie l'accompagnait fièrement dans Néry. Il portait les sacs.

Au dessert, il y avait des choux maison, spécialité de Mado. Charlie les faisait maintenant aussi bien qu'elle. Le mercredi, elle lui donnait des cours de pâtisserie. Elle le servit machinalement après son fils et Monsieur Bob.

« Non, dit le skin. »

L'assiette de Charlie fut reversée dans le plat. Éric brandit la télécommande et remit le son.

III

CHARLIE hésitait. Il resta les yeux ouverts dans l'obscurité. Cela faisait deux nuits qu'il ne dînait pas, ne dormait pas. Il se bourrait de marshmallows et de pain d'épice, assis sur son lit. Il épiait le silence et les ombres. Il avait peur de sa peur, une superstition. Il vérifiait qu'il n'était pas attaché sur les rails du Bordeaux-Paris. A certains moments il ne voulait plus retourner chez Mlle Irsch, à d'autres il enrageait à cause des vingt francs perdus. Et il hésitait. Clopinette après clopinette. Fric après fric. Jusqu'aux habits de basketteur amerloque et jusqu'aux nibars de Rita. Sa mère allait venir. Elle allumait la lumière de l'escalier. Elle entrait en vitesse habillée de sa robe de chambre à la poche décousue. Elle déposait une assiette de nourriture à côté de lui. Il entendait sa voix basse : « C'est écœurant, tu sais, d'accuser son frère. Éric est assez fragile comme ça. Ah toi, t'es pas béni !... » Elle repartait.

C'était son truc, la bénédiction. Le skin était béni. Pas lui. Le skin avait sa photo sur le buffet du salon. Lui, sa photo, elle figurait dans un dossier gris à l'intérieur du buffet, avec la mention : tendance à broder. Sa langue c'est une vraie chaîne hifi. A l'Institution, il racontait qu'il ne resterait pas noir indéfiniment. Ça partirait le jour où les sacs l'adopteraient. J'te jure, c'est comme ça. Et depuis son arrivée, c'est pire, surtout la nuit quand il rouvre les yeux et qu'il voit dans son cœur les nibars de Rita. Au retour du collège, il a toujours une histoire à brûler. Un jour il aide un aveugle à traverser, un jour un chien mord un pigeon, un jour la voisine se fait renverser par le bus, j'te jure maman : la grosse dame au chapeau de fourrure. Le soir il s'excuse auprès du Bon Dieu. Il n'insiste pas trop.

Maintenant, sa mère, dès qu'il veut parler, elle attrape son nez et elle tord, « il bouge, tais-toi ». Sauf qu'il ne bouge pas. C'est elle qui ment. Tout ment.

Pourquoi ils m'ont adopté ? Charlie se tourne vers le mur et remonte le drap sous son menton. L'express Bordeaux-Paris lui fait toujours aussi mal au cou. Il murmure : omnisports, basket, Charlie, Rita, mamelle. Il murmure : les mamelles de Rita. C'est maintenant qu'il veut les toucher. Pas hier et pas demain. Maintenant. Il n'en sait rien, lui, si c'est lourd, fragile, et si l'on peut vraiment les pétrir autant qu'on en ressent l'envie, si c'est fondant comme le raisin. Mais si Rita n'est pas d'accord ? Il se lavera les mains et les dents, promis, il se coupera les ongles. Devant les clients il a peur de lui parler et dans la boutique aussi. Il y a sa mère, à la caisse, une vieille avec une moustache et des lunettes d'assassin. Il attendra dehors qu'elle aille mettre les journaux sur le présentoir. Il aura son habit de basketteur, et, en avant-première, il l'embrassera sur la bouche comme à la télé, comme dans les illustrés porno. A quel moment on dit je t'aime, à une fille. A quel moment on peut toucher les mamelles ? Maintenant, pense Charlie. Entortillé dans ses draps, il voit des choses qu'il ne peut pas croire, et pourtant c'est écrit dans les illustrés, et c'est ça dont il a envie. Si la moustachue radine sa fraise, il est cuit. Sur sa fiche il aura brodeur et vicieux. Mado le renverra chez Monsieur Valentin. Il ne saura jamais combien ça pèse, un nibar : un kilo, deux kilos et des poussières ? et si c'est fondant mouillé comme du raisin. Il y a des tas de gens qui passent leur vie à ne pas savoir, les gens des prisons, des

23

institutions d'orphelins et de bonnes sœurs, les fous. Les racistes, ils sont bégueules et despotiques avec les nibars des filles. Les seins blancs, ça va pas dans les mains noires et vice versa. Pourtant les mains d'Éric elles sont affreuses et délicates. On voudrait qu'elles soupèsent les nibars de personne. On voudrait qu'elles soient cousues dans ses poches.

A l'Institution, ça courait pas les rues, les filles, même au réfectoire où les serveuses avaient des tabliers, même à Noël quand les monos envoyaient les invitations « portes ouvertes » aux membres bienfaiteurs. Que des vieilles en jean et en bijoux. Sous le sapin, Charlie mettait ses tennis de toile bleue, mais cet enfoiré de Père Noël, au lieu de remplacer les souliers d'orphelinat par des Nikes à contrefort de compétition, il les remplissait de petites bagnoles et d'avions à monter dont Charlie n'avait rien à cirer. Soit des Nikes, soit des illustrés porno. D'ailleurs pour lui c'est pas porno, les filles, sinon pourquoi il en a envie ? Jamais il ne retournera là-bas. Jamais il ne remettra ses tennis bleues sous le sapin.

Pourquoi ils m'ont adopté ? Pour me virer ?... Les monos, sur ce chapitre, ils pouvaient tartiner long comme la mousse à raser le jour des farces-attrapes. On aurait dit qu'il n'y avait que ça, sur la terre : des dossiers bloqués dans les tiroirs de l'Administration. Des gens riches se pliant à des formalités d'adoption vachement tordues, si tordues qu'elles n'aboutissaient presque jamais à bon port. Les gens riches restaient riches et malheureux dans leur caisse à pognon, et les orphelins tristes et foireux dans leur caisse à pauvreté. Si les gens étaient moins riches, il y aurait moins d'orphelins sur la terre ou quelque chose comme ça. Et puis t'as des filières bidon qui sentent le roussi, comme la filière italienne installée partout. Si tu grattes un peu t'as la mafia derrière, avec les types à chapeaux noirs, avec de gros moyens illicites pour stocker des milliers d'orphelins dans des hôpitaux marron, où des médecins marron prélèvent les organes, absolument tous, en pièces détachées, et après c'est revendu la peau des fesses à des malades condamnés à mort par la science. Et la peau des fesses, ils te la revendent encore plus cher.

Ils t'ont adopté, pour te virer, Charlie. Il se rappelle bien comment c'est arrivé, son histoire. Sa mémoire est trouée comme à la fourchette, mais elle a beau pisser le sang on arrive à lire entre les trous. Et puis ça ne regarde personne. Les trous, c'est sûrement des cachettes où sa vraie famille est planquée. Monsieur Valentin lui a dit : tu vas être adopté, Charlie, c'est en bonne voie. Ça dépend beaucoup de toi. Les monos ils s'en poncent les mains, comme Pilate avec Jésus. Résultat, il s'est fait lyncher. Charlie, deux questions lui font mal au cœur : « C'est sûr qu'ils vont pas prélever mes organes ? » Et aussi : « Il fait du basket mon père ? » Rien d'autre ne l'intéressait. Et quand Monsieur Valentin lui a brossé le tableau de la famille où il allait entrer, il n'écoutait rien. Il savait d'avance. Il était pris chez les sacs à poivre. Il aurait bientôt la télé dans les chiottes et des illustrés porno comme s'il en pleuvait. Il disait d'accord à tout. « Un milieu modeste, Charlie. Des gens pas très fortunés. Mais ce sont deux anciens fonctionnaires, une garantie. » D'accord. Il traduisait à l'envers : ses parents nageaient dans les dollars. Ils présentaient toutes les garanties. En plus ils étaient modestes. « Ils ont un fils déjà grand dont tu occuperas la chambre après son départ. Ne t'inquiète pas, ils ont tout prévu d'ici là. Mme Bougran, bientôt ta mère adoptive, est une infirmière de grand mérite. » D'accord, au poil. Elle lui donnerait des cachets pour dormir et il n'irait plus chez le dentiste. On se ramasse un maximum de thunes, en piquârant les fesses des vieillards. Chez eux, tu soulèves un matelas, c'est plein d'or. Le soir, il avait la version du mono des dortoirs. L'infirmière, en tant qu'agent de la Santé publique, avait obtenu du piston pour son dossier. Les rupins pouvaient toujours se brosser, pour le piston, le vrai, celui des petites mains de la fonction publique. Ils n'ont qu'à pouponner leurs Sicav. C'est beaucoup mieux, Charlie, d'être adopté par des gens capables de se serrer la ceinture en faveur d'un gosse d'orphelinat. Et lui, resté seul, en tailleur sur son lit, béat : je ne suis presque plus un orphelin. Il regarde ses pieds : vous avez presque des Nikes. Puis sa peau : qu'est-ce que t'attends pour blanchir, toi ? Il corrige aussitôt : attends encore un peu, on ne sait jamais. Il se couche et s'endort. Bien sûr qu'ils sont pauvres, ses parents. Par discrétion. Faut pas rendre jaloux ses copains. Ça fait drôle, d'être un sac à poivre.

La première fois qu'il vit les Bougran, il eut un choc. Il ne les imaginait pas si mal réveillés. Leurs paupières, on avait envie d'y mettre des allumettes ou carrément d'en couper un morceau. Mado lui reboutonna sa chemise au bout d'une minute, l'air distrait, comme on fait un nœud supplémentaire à la ficelle d'un paquet. Elle avait des sourcils à ressorts que Charlie n'osait pas regarder. Ils allèrent se promener au parc Montsouris. Ils ne se parlaient pas. Au bord du lac elle dit : « Tiens, il va pleuvoir.

– Je ne pense pas, dit Charlie, le ciel est bleu. » Elle lui posa la main sur l'épaule. « Un oiseau, s'il vole bas, c'est signe d'eau. Un chat, il se gratte l'oreille, c'est signe d'eau. Un arbre, tu lui vois l'envers des feuilles, c'est signe d'eau... » Ça lui avait bien plu, à Charlie, cette histoire de signes et d'eau. Lui aussi, il se grattait souvent l'oreille, c'était signe de quoi ? De sac à poivre. Ils revinrent chaque semaine et ça dura des mois. Charlie finissait par douter. Le sac ne voulait plus s'ouvrir. Mado disait à Monsieur Bob en regardant Charlie de haut en bas que tout lui paraissait correct, mais ils s'en allaient sans lui, après l'avoir embrassé. Un jour il demanda : « Il a foiré ton piston ?

– Quel piston Charlie ? » Il eut honte et modifia sa

question. « Si je viens avec vous, j'aurais des Nikes ? » Ce n'était pas dit sur un ton capricieux, mais pour arriver chez eux de bonnes chaussures aux pieds. Ils se regardèrent, Monsieur Bob et Mado, et franchement ça leur faisait un regard en pâte à modeler. Elle répondit : « Pourquoi pas, Charlie ? Faut se renseigner sur le prix. » Il ne savait pas encore qu'elle avait un portefeuille en peau d'oursin. Sa main saignait quand elle y touchait. Et donc, elle évitait d'y toucher. Chacun son fric.

Le jour du départ, M. Valentin les reçut dans son bureau pour les adieux. Charlie était assis entre ses parents. Il y avait le psychologue, l'assistante sociale et le professeur de gymnastique, très ému. Une voix, il ne savait plus laquelle, s'obstinait à lui répéter ce qu'il savait dur comme fer depuis des années. Il avait un méchant coup de bol, avec la société française, dis donc ! Une adoption par des richards du corps médical, non mais tu réalises un peu, Charlie ? Et un grand frère les premiers mois, une voiture privée, une résidence en bordure de la capitale, tu réalises ? ... Et un ménage uni depuis quarante ans, ça t'en bouche un coin, pas vrai ?... Deux retraités en bon état pour toi seul. Ils pouvaient se la couler douce, les vieux, garder leurs économies, voyager peinards : non Charlie ! Ils se collent sur le dos le tintouin d'une adoption, et pas n'importe quelle adoption, Charlie, t'es d'accord : un Noir. Qui ça ? Je te le donne en mille : toi Charlie !... A onze ans. La queue du Mickey. La voix ne disait rien de Rita ni des nibars de Rita, rien des skins à tête de mort, du groupe Zyklon, des humiliations du lundi soir, de l'express Bordeaux-Paris. Il était monté dans la 4L avec ses parents. Monsieur Bob se retournait pour lui parler. Charlie ne se rappelait qu'une chose : son frère Éric ne savait pas encore qu'il était d'origine africaine. Ce serait la surprise. De son côté, Charlie ne savait pas qu'Éric était skin et qu'il dirigeait le groupe anti-métèques de la ville de Néry. Le nègre et le skin. Oh la fable ! Oh la paire de frangins.

Il y eut un bruit sur le palier.

« Maman ? » souffla Charlie.

Il tâtonna à la recherche de sa lampe de chevet mais elle ne s'alluma pas. Il se raidit, un sale goût dans la bouche. Éric a coupé l'électricité. L'un de ses grands jeux. L'effrayer. Respirer tout près du lit. Imiter le souffle d'un intrus qui va peut-être vous éborgner ou vous arroser d'immondices. Quelquefois Charlie l'entend s'approcher et il descend à la cave, au bout du corridor. Il part se réfugier dans le boyau du fond, sous les robinets qui suintent. Éric ne s'aventure pas jusque-là.

Le silence à nouveau. Charlie se blottit sur son lit à l'angle du mur, il grelotte. Il entend tout près la voix étouffée du skin.

« Eh, le nègre. »

Il ne voit rien.

« C'est moi qui ai demandé un nègre à ma mère. Elle voulait un Blanc, moi un nègre. »

Charlie ferme les yeux. Quand Éric parle, il reçoit au visage les bouffées d'un souffle aigrelet.

« Pour lui faire la peau... A lundi, le nègre. Sois bien à l'heure. Faut pas louper le train. »

IV

E T SOUDAIN l'idée géante lui prit la tête un matin,
contre laquelle Éric ne pouvait rien, sauf à les
zigouiller tous les deux sa mère et lui sur les rails. Il
irait gagner son blé chez Mlle Irsch, comme d'habitude,
et Mado viendrait le chercher, c'te bonne blague.
Qu'est-ce que c'était pour elle, neuf heures du soir ? De
toute manière elle était insomniaque. De toute manière,
elle aimait piétiner la nuit, traîner dans la maison, plier
des sacs, parler toute seule, remplir des valises et les vider
aussitôt, changer les objets de place, se laver les cheveux
à des heures impossibles en faisant retentir le chauffe-
eau. Mais quand il fit sa demande, elle l'envoya sur les
roses. Oh pas violemment. Elle n'était jamais violente
avec sa voix. La violence arrivait des paroles et des
grands yeux de hibou voyeur qui donnaient l'impression,
toujours, qu'on la persécutait sans de solides raisons.

« Déjà que je suis toute la journée sur mes jambes, et toi
tu veux me faire ressortir dans le froid ! J'ai le cœur en
vrac, moi, si tu t'en souviens... »

S'il était si poule mouillée qu'il n'osait pas rentrer sans
escorte, il n'avait qu'à s'adresser à la police municipale ou
à son frère, tiens ! c'était plus sûr. Il avait pas peur des
coups, lui.

« A Éric ?

– Et alors ? il est à la tête d'un groupe de sécurité. Je
suis sûre qu'il serait d'accord pour te ramener.

29

– Non ! » cria Charlie, les larmes aux yeux.

Sa mère le regarda, scandalisée.

« Mais si voyons ! je lui en parle ce soir. Ne sois pas stupide.

– Alors j'y vais pas.

– Eh bien tu n'y vas pas. »

C'était bidon, les varices, et bidon le cœur en vrac. Les gens appelaient Mado la nuit pour qu'elle vienne régler des perfusions ou clamper les tuyaux des vieillards qui n'arrivaient plus à pisser d'eux-mêmes. Et Charlie balisait quand elle sortait. Il entendait Éric marcher là-haut. Il savait qu'il allait couper l'électricité, tôt ou tard. En prévision il descendait à la cave et se planquait dans le boyau du fond.

« Et si j'suis mort, lundi, tu penseras quoi ?

– Qu'on n'aurait jamais dû t'adopter. Tu ne mourras pas, moi j'te l'dis. »

Ensuite elle glissa dans la conversation que la maison lui semblerait bien vide, le jour où son fils partirait sous les drapeaux.

« C'est quand ?

– T'as pas besoin de l'savoir... Un mois, j'crois. Il veut pas qu'on en parle. »

Quatre lundis soir, pensa Charlie. Quatre passages Hirtoff déserts, quatre Bordeaux-Paris, et peut-être un seul. Il attendrait le départ d'Éric pour retourner chez Mlle Irsch. Ça fait long, quatre lundis sans Rita. C'est mieux que d'être mort.

Mado l'emmena faire des courses à Paris, du côté de la République. Elle lui montra l'ancien boulevard du Crime et les théâtres fermés où elle n'était jamais allée quand elle était jeune. Elle lui acheta des gants de skaï fourrés au marché de la Grisette. Il aurait préféré une casquette en jean, mais Éric ne voulait pas qu'il en porte. Elle acheta aussi des patates douces, des gombos, et des feuilles de brick à la manière de Belleville. Ils redescendirent le boulevard de Sébastopol. Elle lui annonça qu'il prendrait bientôt la chambre d'Éric. Il ne fallait rien dire pour le moment. Il choisirait la couleur des murs et ils la repeindraient tous les deux. C'était plus commode que du papier peint. Moins cher. On paierait les boîtes petit à petit, sur les vingt francs du lundi soir. Il aurait la permission d'inviter ses copains à la maison. Elle leur apprendrait à cuisiner des gâteaux. Les gâteaux c'est plutôt le domaine des filles. Pourtant c'est rigolo de faire sauter les crêpes, à la chandeleur. Il aimait bien ça, non ? préparer les chouquettes avec elle. Elle lui apprendrait à jouer aux cartes. Ils iraient au conservatoire des Arts et Métiers quand il rouvrirait. Certains jours, c'était gratuit pour les jeunes, et aussi pour les vieux. Le dimanche elle l'accompagnerait en voiture à ses matchs de basket. C'était plein de beaux endroits à visiter, dans Paris, des musées, des jardins. Il n'imaginait pas le nombre de fesses qu'elle avait piquées durant sa vie, tout ça pour des prunes et pour n'avoir jamais une seconde à elle. Le Louvre ? jamais allée. Les catacombes ? jamais. Les égouts en barque ? jamais. La Seine en bateau-mouche ? jamais. Monsieur Bob ? Un égoïste. Les Champs-Élysées ? une seule fois, un 14 juillet. Il y avait foule et on voyait rien. Le coiffeur ? jamais, Charlie. Elle se débrouillait avec le peigne à lame. Le restaurant ? ouais... les jours d'enterrement. Tiens, Charlie ! la prochaine fois je t'emmène manger une pizza dans un restaurant italien du boulevard du Crime. Ça nous changera du centre commercial de Néry.

Charlie ne savait plus quoi penser. Elle cherchait peut-être à l'entortiller par des faussetés. Elle avait peut-être peur qu'il aille tout cafter aux voisins.

Ils passèrent par des rues où il y avait des rideaux noirs à l'entrée des magasins, et des dames faisaient des sourires à Charlie qui n'osait pas regarder, des fois qu'il aurait eu l'air vicieux.

« Pourquoi vous m'avez adopté ?

– Pour nous rendre utiles à la société. »

La société, pour Charlie, c'était une marque de Roquefort, une énorme usine que personne n'avait les moyens de contrarier. Une ogresse à fromage.

« C'est vrai que tu voulais un Blanc et pas un Noir ? »

Mado secoua la tête. « Il dit ça pour te taquiner.

– Ça me troue.

– J't'en prie, Charlie.

– Pourquoi Éric ne m'aime pas ? »

Elle fit un soupir saccadé d'asthmatique. « Et pourquoi veux-tu qu'il t'aime ? Ça veut dire quoi, ces caprices ?... Tu crois qu'il m'aime, moi ? Et Monsieur Bob, il aime qui ? Et toi ?... Éric il n'aime pas les Noirs, et toi t'aimes pas les skins. Chacun ses goûts. »

Elle ne lui laissa pas le temps de répondre. « Oh bien sûr que tu m'aimes, toi. Tu as besoin de moi. »

Plus loin, elle reprit, la voix radoucie : « Tu sais, j'ai quand même un tout petit peu besoin de toi...

– Pourquoi ?

– Éric a un idéal qui ne plaît pas à tout le monde. Il ne faut jamais en parler.

– Il est néo-nazi ? »

Elle s'arrêta net, pas contente, les sourcils agités. « Si tu répètes ce mot, j'appelle Monsieur Valentin.

– Mais non, j'te jure, j'ai rien dit. Et puis faut bien la purifier, la société. Si c'est pas lui qui le fait, qui c'est ? Les grèves de métèques, ça peut plus durer. Y'en a marre, des pollueurs. »

Tout l'argent d'Éric passait dans l'armement d'occasion, germanique de préférence, indispensable pour semer l'ordre en cas de bagarre généralisée. On ne peut pas faire moins, quand on est chef du service d'ordre anti-métèques et aussi du groupe Zyklon favorable à la purification des couches sociales taraudées par les pollueurs, tout comme la couche d'ozone est taraudée par les bombes à raser et les bombes à laquer les cheveux.

Malgré ça, la mairie ne voulait pas leur attribuer les Glocks 17, des pistolets autrichiens, dernier cri, équipés d'arrangements spéciaux pour distinguer les vrais Arabes et les faux, ceux qui sont en règle avec la justice et ceux qui possèdent un casier sale, les ennemis des nazis et les vendus, sympathisants d'une race polluée par les idées de gauche, sans compter les responsables des frontières-passoires et des douaniers découragés tellement qu'il y a de métèques à disséminer leurs poux dans nos banlieues de transit. Faut bien nettoyer dans les coins. « Plus c'est nettoyé, plus c'est propre », dit Éric. La police nationale avait reçu le magnum 357 d'Yves Montand, la police municipale le Glock 17, le service d'ordre anti-métèques et le groupe Zyklon préféraient le matériel de guerre allemand, disponible à la sauvette boulevard Beaumarchais.

« Tiens ta langue, Charlie. Éric est si fragile. »

Un vrai mystère, la mère et le fils. Et si les murs ont des oreilles, c'est toute la maison qu'il faut badigeonner au sérum de vérité, pour bien savoir ce qui s'est passé du temps qu'Éric était môme et que les parents noirs de Charlie, les vrais, ne s'étaient pas encore bricolés sous le drap pour mettre au monde un orphelin d'institut.

Ensuite ils allèrent dans une boutique en bois, chez Marty et Mars, choisir des boutons pour un manteau d'hiver que Mado s'était retaillé. Elle n'en finissait pas d'hésiter entre le modèle à deux trous et le modèle à quatre. Entre le modèle en plastique et le modèle en résine. Le modèle à deux trous faisait plus jeune, le modèle à quatre ferait plus d'usage. Et il était moins cher et moins tarabiscoté. Deux trous gratuits, ce n'est pas négligeable. La marchande se rattrapait sur le fil. Ils se rattrapent toujours, les voleurs. « Y'a pas plus voleur qu'un commerçant, Charlie ! » Elle lui demanda son avis pour les boutons. Il préférait le modèle à deux trous à cause du pourtour argenté. C'était justement ça qui déplaisait à Mado, ce tape-à-l'œil ridicule et coûteux. Elle se souvint alors du vieil imperméable de Monsieur Bob dont les boutons bruns étaient recouverts de peau. Il suffirait de les foncer au cirage. Des frais, toujours des frais, Charlie.

Ils prirent le métro gare de Lyon, direction Néry.

« Tu parles d'Éric, au collège ?

– Non.

– Tu es sûr ?

– J'dis à personne qu'il est néo-nazi. Chacun son idéal. »

Ils se regardèrent. Il vit qu'elle était au courant de tout pour les agressions du lundi soir et qu'elle ne l'avouerait jamais.

Ils descendirent à Néry-Village. La pluie tombait sur le chemin du retour à pied. Charlie portait les sacs. Il refusait qu'elle en porte un seul et le plastique des anses lui meurtrissait la peau. Ils s'arrêtèrent à la boucherie chevaline et rentrèrent à la maison par le passage Hirtoff. L'humeur de Mado changea soudain. Elle marmonnait et pressait le pas. Charlie n'entendait pas ce qu'elle disait, mais d'après les intonations ce n'était pas folichon. Ils longèrent la façade disloquée. Elle s'arrêta devant la fenêtre béante par où l'on accédait au terrain vague.

« Alors comme ça, ils te font passer là.

– Oui.

– Et au bout, c'est les voies ferrées.

– Oui, derrière les pavillons des squatts. »

Charlie posa les sacs sans les lâcher. Il décrivit l'endroit. Il y avait aussi une cour et d'autres maisons en compote, occupées par des sans-abri, avec des fenêtres à barreaux auxquels Éric l'attachait.

« Cochon menteur. Tu verrais ton nez. A qui tu as raconté ça ?

– A toi.

– Qui d'autre ?

– Rien qu'à toi. Mais j'pense qu'Éric est au courant. »

Elle trouillait à mort de la propagande anti-nazie chez les voisins, mais à part la libraire il n'avait envie de se confier à personne. Il avait honte de toutes ces histoires d'agressions. Honte de se détester quand il y pensait.

La mère se remit à marcher. Ils arrivèrent au café Gino.

« C'est là qu'ils m'attendent, la nuit. Ils font des grimaces à travers la vitrine. »

Mado fulminait.

« Menteur.

– Non je ne mens pas.

– J'ai dit menteur !

– T'as qu'à demander au patron. »

Ce qu'elle fit.

Le rital avait un feutre noir et une moustache à la Brassens. Non madame, il n'acceptait pas les voyous chez lui. Non madame, il ne tolérait pas les jeunes en état d'ébriété, d'ailleurs la loi l'interdisait. Il y a un panneau à l'entrée sur la répression des mecs bourrés. « Moi je vois rien, de derrière le bar. J'peux pas être au bar et surveiller la baston. J'suis là pour servir les clients. A mon avis c'est tranquille, chez moi. A mon avis c'est jamais qu'un petit bar à la bonne franquette où l'on trouve une ambiance rétro pas chère. Pas d'armes, pas de stupéfiants, pas d'alcool de contrebande. Rien que des gens bien tranquilles, comme ces deux messieurs, là... » Charlie se retourna et vit deux types au crâne rasé qui buvaient de la bière près de la fenêtre. Le plus jeune avait une épingle dans une oreille, assortie d'une chaînette. Le second portait des bottillons bleus terminés par une pointe en fer. Ses yeux, on aurait dit des crachats.

En arrivant au pavillon la mère dit à Charlie : « T'es pas béni, cochon ! J'ai pas d'force avec les menteurs. Faut vraiment qu'on appelle l'Institut. J'dis ça, moi, c'est pour ton bien. C'est pas ton truc, la famille. »

V

CHARLIE ne vivait plus. L'idée de retomber sur les skins passage Hirtoff lui donnait la nausée. C'était comme une rencontre avec la mort. D'ailleurs il avait failli mourir en chair et en os. Les sensations persistaient. Dans le silence et dans la nuit, elles réveillaient sa peur et le laissaient tremblant, transpirant, plaqué au mur, comme si l'express Bordeaux-Paris lui déboulait dessus à travers la chambre. Il entendait le bruit des souliers cloutés. Il avait dans les yeux la vision des skins, blêmes, luisants comme des poissons crevés. Alors, pour se sauver, il s'efforçait d'imaginer qu'en bon brodeur il avait fait le plus noir des rêves et trouvé cette histoire au Malibu-Vidéos, dans un billard spécial-panique. Mais s'il fermait les yeux, il se tordait de peur sur les rails glacés qui vibraient, le sol tremblait comme un accident, le vent soufflait, les roues l'écrasaient des centaines de fois. « On s'est trompés d'aiguillage, le nègre. La prochaine fois c'est la bonne. A lundi. » Il était rentré seul à travers les voies.

Il avait tout essayé, depuis un an, pour s'arranger à l'amiable avec sa famille adoptive, et se faire un copain du skin en le prenant du bon côté. Les premiers jours, Éric l'appelait dans sa chambre. A tout hasard Charlie s'extasiait devant la beauté du pavillon nazi, un oripeau tissé d'argent, bouffé par les araignées. Sur une étagère il y avait une tête de mort sans dents, volée dans les catacombes, et sur le front c'était écrit : « mort aux Juifs. » Derrière la tête, Éric planquait ses haltères à ressort pour se muscler la main.

Un jour il alla voir le skin au Franprix, sans penser à mal, pour dire bonjour. Et devant ses copains magasiniers, devant Jacotte, sa petite amie, Éric le flanqua dehors. « J'te connais pas, moi. Je fréquente pas les nègres. » Une autre fois il lui mit son miroir de poche devant les yeux, presque dans les yeux. « C'est quoi, ça ?

– C'est moi.

– Quoi, toi !... c'est un nègre, c'est tout, toi t'es rien. Et bientôt, tu s'ras moins que rien. »

Il crut fortiche d'amadouer Jacotte, quarante ans, divorcée, trois gosses, la fierté d'Éric. Elle gagnait sa vie en lavant les camions dans un portique à brosses, ceux du Franprix, et ceux des magasins concurrents. Une chose qu'on ne pouvait pas lui enlever, c'est qu'elle était bien roulée. Côté fesses, elle avait pas peur des comptes ronds. Quand elle aperçut Charlie sur l'aire de nettoyage, elle le fit reculer au jet d'eau. « Si j'parle aux gens de couleur, il me frappe. J'aime ça, mais tout de même. J'suis pas maso. » Depuis il ne s'approchait plus d'Éric. Ce dernier lui montrait son majeur, tendu comme une lame de canif. « J'parle pas aux nègres. » C'était déjà par ces mots qu'il l'avait accueilli le jour de son arrivée. Charlie se rappelait bien la scène. Éric sortait de sa chambre. Il boitait. Il avait de gros chaussons à bourrelets et des treillis léopard, comme dans les films de guerre. Au dîner ça recommençait. « Pas trop de soupe pour le nègre. » A l'Institution le racisme était interdit par les monos, les clopes aussi, les gros mots, la politique, les illustrés porno, les histoires de nichons. Chez les Bougran le racisme du skin leur dilatait la rate et Monsieur Bob en pleurait dans sa serviette. Mado se gondolait à la dérobée. Mais le soir où Charlie se mit à rire à son tour des blagues d'Éric, il dut s'arrêter net : « Ça rit pas, un nègre. Pas devant moi. Quand ça rit ça dit pardon. »

Alors il se rabattit sur Monsieur Bob qui lui faisait des avances pour jouer aux boules avec lui, dans la journée. Ils jouaient tantôt derrière la maison, tantôt sur le terrain vague du passage Hirtoff. Pas le mauvais cheval, Monsieur Bob, mais dans la catégorie trouillards il était chef d'escadrille. Mado non plus n'était pas mauvaise, mais elle traînait dans ses yeux cette fatalité d'orgueil qui la rendait siphonnée quand elle se gourait en public. Ils s'étaient tous les deux ramassés un coup de gigot derrière les oreilles, et chacun surnageait comme il pouvait. Monsieur Bob il surnageait en ne parlant de rien, mais alors de rien. Il jouait aux boules et il disposait d'un lacet pour mesurer les écartements. Il annonçait en regardant la partie : « elle est un peu jeune, Charlie » ou bien « t'as l'point, fiston ». Partie perdue, partie gagnée. Fallait pas s'amuser à lui poser des questions. Pas besoin du lacet pour les trier sous sa casquette, et si la réponse n'arrivait pas dans la minute, inutile de la saliver deux fois. La deuxième c'était pour rien. Il remettait les boules dans la muselière en cuir et il s'en allait bouder devant la télé.

Il était comme ça, Monsieur Bob, et les affaires de Mado ne franchissaient pas non plus sa visière. Aucune affaire, excepté les actualités du *Parisien* quand les avions se rétamaient entre deux immeubles et qu'on ramassait les cadavres à la lumière des gyrophares. Tous les matins il n'ouvrait son *Parisien* que dans l'espoir d'y ramasser les cadavres d'un avion démantibulé contre la montagne, avec des crobars d'experts expliquant pourquoi le pilote avait merdé, s'il avait merdé, s'il s'avérait que cette salope de boîte noire, introuvable pour le moment, confirmait bien l'erreur humaine. Et quand il se trouvait un avion délabré dans le journal, le Bob mais pas un coucou d'aéroclub : un paquebot du ciel avec des hublots tout du long et des hôtesses aux deux bouts, il ne le lâchait pas de sitôt. Il achetait aussi *le Figaro*. Il comparait les crobars, les experts, les débris. Il emmerdait tout le monde avec son avion cassé, des jours et des jours, ça le rendait marteau. Mado devait lui refiler des tranquillisants. Le plus souvent, il se consolait avec les accidents de camions et il dormait sans cachets. Son excuse, Charlie la connaissait par les monos. Monsieur Bob, quand il était jeune, enfin quand il avait un métier, il pilotait les voitures de pompiers. C'était là-bas qu'il avait connu Mado, dans les casernes à pompiers. Et le jour où le DC 10 américain s'est détérioré sur la forêt de Senlis, Monsieur Bob est arrivé le premier là où ça cramait, l'avion, les gens, les valises, les hôtesses de l'air, les marronniers, les oiseaux. Le lendemain ça divaguait sec. Il ne tournait pas plus rond qu'un DC 10 avarié. Il y allait au ralenti, sur les incendies, il se trompait de chemin. Alors on l'a réformé, il n'a plus fait pimpon, plus jamais. C'était sûrement ça, le gigot derrière les oreilles de Monsieur Bob, et la raison qui faisait qu'il ne répondait pas aux questions privées. Ça devait résonner comme s'il fallait mettre son casque dare-dare et partir encore éteindre un avion. Et donc il ne supportait personne, à part sa casquette et la télé. Même sa femme, il avait l'air de ne pas pouvoir passer une seconde de plus avec elle et ça n'empêchait pas qu'ils dormaient dans le même lit grinçant, près du fauteuil rouge de la chambre au premier. Charlie les avait vus un matin, tout serrés l'un contre l'autre, et leurs cheveux gris mal peignés comme des enfants d'institution. Il y avait sûrement des nuits où Monsieur Bob attrapait dans ses mains les mamelles de Mado sans qu'elle fasse un souk. Et d'ailleurs c'était pas des mamelles de Jupiter, le skin, qu'il était sorti, mais forcément des mamelles de Mado, un jour que Monsieur Bob s'était bien affairé. A cette époque on ne pouvait pas imaginer qu'il voudrait purifier la société par la destruction, le skin.

Et moi, pensait Charlie, pourquoi j'suis pas skin ? Pourquoi j'la purifie pas, cette vacherie de société ? Par le basket. Par les nibars de Rita.

« N'oublie pas le journal de ton père avant d'aller au collège... »

Aucune chance qu'il l'oublie. Charlie prend la pièce de dix francs et file à la librairie *le Monde et ses Publications*. Rita n'est pas là. Ni dehors ni dedans. Les paquets de journaux sont empilés tous ficelés à l'intérieur du magasin. La vieille bougonne en servant Charlie. Il n'arrive pas à tourner les talons.

« Elle est pas là, votre fille ?

– Ma fille ?... J'ai pas d'fille, moi.

– Ah bon, c'était pas votre fille la ?...

– Sûrement pas. Salope. Elle est partie hier avec la caisse. »

Charlie n'entend que : partir avec... Il entend que Rita est partie avec un autre, un certain M. Lacaisse, un type qui ne s'est pas gêné pour lui soupeser les nibars depuis des mois et des mois, et c'est plutôt lui qui s'est tiré avec les deux nibars de Rita et ses dents de traviole qui sont toujours très mouillées et dont Charlie ne retrouvera jamais l'équivalent dans la société française.

Il ne regarde même pas la première page du *Parisien*, ce qu'il fait chaque matin pour dénicher avant Monsieur Bob la nouvelle de l'avion bousillé. Il sort les genoux tremblants, le cœur fade. C'est la fin du monde. Rita s'est tirée sans lui.

Par deux fois cette année il a pu rapporter à Monsieur Bob d'énormes boeings en miettes.

Le 747 de la compagnie israélienne El Al, quand Éric a dit : « Des youtres ? bien fait. »

L'Airbus du mont Sainte-Odile, quand Éric a dit : « J'aime mieux être à ma place qu'à la leur... »

La dernière fois Charlie s'est gouré. On voyait la photo d'un gros avion, mais il était tout simplement bloqué sur la piste en raison des grèves du personnel au sol, et les passagers n'étaient pas carbonisés dans leurs fauteuils.

Quand il voit les avions passer au-dessus du village,

Charlie se dit qu'ils ne trouveront jamais la piste et qu'ils seront demain matin dans le journal, tous. Lui, jamais il ne prendra l'avion, sauf avec Rita.

Il ne rentra pas au pavillon, n'alla pas au collège. Le cœur fade, il traversa tout Néry pour aller sonner chez Mlle Irsch en vue, soi-disant, de se mettre à jour avec sa conscience avant la fin du monde. « Bonjour Mademoiselle Irsch.

– Mais qu'est-ce que tu fais là Charlie ? Tu n'as pas classe à cette heure-ci ? Veux-tu bien aller au collège.

– C'est pas ça, Mademoiselle Irsch. »

Il avait peint tous les petits soldats en noir avec des yeux blancs. C'était plus rapide et ça lui ressemblait comme deux gouttes d'eau. Il avait profité de son aveuglement pour ne rien dire et même du bout des doigts elle n'avait rien vu. Il voulait parler d'Éric mais il avait perdu la voix. Elle le fit entrer. Il ne parla pas davantage. Elle le pria de raconter sa vie comme elle se déroulait chez lui mais il serra les dents. Qu'est-ce qu'il avait si peur de cacher ? Un verre de limonade à la grenadine lui tourna la tête comme de la gnole et Charlie repartit fermé sur son ivresse, fier de s'être tu. Il pensait que Mlle Irsch, tout skinhead qu'elle n'était pas, elle se défendait bien pour la gentillesse. A choisir il aurait préféré une aveugle de quatre-vingts balais à des faux sacs à poivre en peau d'oursin.

Il ne retournerait pas à l'Institution, juré !

Ça va changer quoi, maintenant, qu'il aille à l'école et qu'il s'applique à faire ses devoirs, à mépriser les vannes sur les nègres qui sont des lèche-culs réciteurs de fables ? C'est la fin du monde, non ?... On le saura demain par la photo du *Parisien*. Lui, Charlie, ne sera plus là pour le voir, ni personne. Il arrive au collège. Le surveillant note le retard sur son carnet. Le surveillant n'existera plus demain. L'école va se transformer en salon de jeux vidéo et tous les élèves en skinheads. Ils auront des Glock 17 à la place des stylos. Les profs seront tous des nègres qu'on empilera dans la cour et sur la voie ferrée, pour les bastonner avant l'arrivée d'un train spécial-fin du monde. Mado sera skinhead. Monsieur Bob sera skinhead. Monsieur Valentin : skinhead. On jettera les orphelins skinheads dans l'incinérateur de l'Institution. Éric dirigera les opérations. Rita deviendra skinhead. Éric lui soupèsera les nibars et il peindra dessus des tatouages de croix gammées. Elle sera la reine mère du groupe Zyklon. Mais lui, Charlie, ne sera plus là pour voir ça.

« Monsieur Bougran baye aux corneilles et va récolter sans tarder un zéro. »

Charlie lève une main somnambulique et dit qu'il n'a pas bien saisi la question. Toute la classe se marre et fredonne : « Lèche-cul, lèche-cul, lèche-cul... »

« C'est bien ce que je disais, reprend le professeur d'histoire et géographie. Un zéro pour Monsieur Bougran. »

VI

L E DIMANCHE soir, Éric ramena ses copains au pavillon. Ils s'enfermèrent là-haut, dans sa chambre, et
picolèrent en écoutant des musiques du IIIe Reich.
Et sûrement qu'ils regardaient aussi des films porno au
magnétoscope volé, car on entendait sans cesse des filles
brutalisées appeler à l'aide et se faire insulter par les
skins.

Le magnétoscope, Éric l'avait récupéré chez un Arabe
qui l'avait forcément piqué chez un Français, et ce
connard personne ne savait où il créchait.

Les bruits tombaient sur le lit de Charlie à travers le
plafond. Il pleuvait des jurons et des imprécations en
allemand, des rires à la bière et du piétinement de brode-
quins cloutés, des rots. Charlie s'affolait comme le soir de
l'express Bordeaux-Paris. Il vérifiait indéfiniment qu'il y
avait toujours de l'électricité dans sa lampe. Sa mère ne
descendait pas l'engueuler ni lui porter en catimini les
bonnes choses dont le skin le privait au dîner. Il imagina
qu'ils étaient partis la saucissonner à son tour sur la voie
ferrée, avec sa robe de chambre aux poches décousues, et
la moindre des choses c'était sûrement qu'il aille la déta-
cher en main propre ou qu'il prévienne la police municipale armée du Glock. S'il était le premier à signaler sa
disparition, il aurait demain sa photo sur les journaux du
présentoir. En haut la fin du monde, en dessous Charlie.
Rita reviendrait aussi sec lui donner ses nibars.

Il pressa le bouton de la poire et s'assoupit lumière allumée.

Quand il rouvre les yeux, la nuit l'entoure et la lampe ne marche plus. Trop tard pour se cacher. Il ressent qu'ils sont là dans l'ombre, incapables de dissimuler leur bruit d'écailles frottées comme sur l'échine des monstres préhistoriques, incapables de ne pas souffler leur odeur empoisonnée d'alcool. Comme il se pelotonne à l'angle du mur, le rayon d'une torche lui arrive en pleine figure. Alors il essaie d'absorber tout cet éblouissement pour devenir aveugle à l'instant même et ne pas voir les yeux des croque-morts tondus grouiller autour de la lampe ni les reflets étalés sur les crânes et sur les dents. Combien sont-ils ? Une forêt de skins, une boîte à clous, une termitière...

« Écoute bien, le nègre, dit Éric en avançant la lampe tout contre le visage de Charlie. Le groupe Zyklon a besoin d'argent pour demain. Nous avons évalué ta vie sauve à mille huit cents deutsche Marks, soit cinq mille francs français. Tu m'entends le nègre ? » Comment n'entendrait-il pas ? C'est lancé comme un hurlement, comme la lumière de la torche. « Tu m'entends ? » Charlie croit soudain qu'il a passé des siècles emprisonné dans cette lampe où la voix d'Éric le harcèle à mort, sans qu'il meure et sans qu'il parvienne à desserrer les dents. « Tu m'entends, le nègre ? » Et Charlie ne se cogne pas aux parois invisibles du faisceau lumineux, ce sont des coups qu'il reçoit au visage assortis de phrases déchiquetées. « Tu m'entends ? Mille huit cents deutsche Marks. Tu m'entends ? Cinq mille francs, demain, passage Hirtoff... »

Charlie tourna la tête et vit la lune entre les barreaux du soupirail. Une main le saisit à la gorge et le lâcha presque aussitôt, cependant qu'Éric engueulait un skin sans visage, celui-ci pressé d'en finir avec le nègre.

Il s'imagina qu'Éric prenait sa défense.

« Eh le nègre, tu réponds ? Cinq mille francs pour demain. J'accepte aussi les bijoux et les râteliers bien garnis. Sinon t'as droit au Bordeaux-Paris.

– J'ai mes deux cents francs d'écureuil sur mon livret junior, c'est tout... »

Rires gras des skins.

« Irsch, c'est un nom juif. Elle vit seule. Elle est vieille et bigleuse. Si avec tout ça tu ne ramènes pas cinq mille balles demain, c'est que tu vaux pas plus qu'un Bordeaux-Paris. Et si tu caftes, on la troue, ton aveugle. On lui refait des yeux avec les tiens. Et on te fout sa canne blanche dans le cul. »

Le jour se levait quand Charlie s'éveilla, une aurore pâle d'hiver qu'il détesta.

Au petit déjeuner sa mère lui dit qu'il a sa mauvaise tête d'Institution. Il se plaint d'avoir mal dormi. Elle prend la mouche. Elle voit bien qu'il est encore à deux doigts d'accuser son frère et de jouer les orphelins martyrisés. Éric est libre d'inviter ses copains au pavillon, non ? il est chez lui, non ? chacun s'amuse à sa manière, non ? ce n'est tout de même pas leur faute si Charlie n'est jamais content.

Dans l'embrasure de la porte il aperçoit Éric en tenue de service en ville, les docs, le bomber, le treillis, le calot de cheveux ras, la matraque à la ceinture. Bras croisés, il attend la réponse de Charlie, prêt à le supprimer... Il n'y a personne et son frère a quitté la maison depuis longtemps, mais il le voit quand même. Ça dépend comment il bat des paupières. La peur lui fait des mirages. Ils ont du bol, les mirages. Ils n'existent pas. Ils n'ont pas les foies. Pour eux ça n'est jamais la fin du monde.

« Ma tête c'est rien. Elle est pas si mauvaise. C'est mes mains.

– Qu'est-ce qu'elles ont tes mains ?

– Je sais jamais où les mettre. »

45

Il prévoit la suite. Mado va dire encore qu'il se fout du monde avec ses broderies de cochon pleurnichard, et qu'il est plus que temps d'aviser Monsieur Valentin. Juré qu'il n'y retourne pas. C'est pas légal, cette affaire de renvoi. Quand on adopte on divorce pas. C'est pas satisfait ou remboursé. C'est pas les articles repris ou échangés, ni le système avec Damoclès qui vous met dehors au premier pet défectueux. Mais la comédie du renvoi l'angoisse autant que le renvoi lui-même. Elle serait foutue, Mado, de le traîner en 4L jusqu'à l'entrée d'honneur de l'Institution pour qu'il aille encore plus loin dans sa tête, là où la peur elle est siamoise des petits hommes verts en camisole de force, là où quand t'y es tu reviens plus qu'en broutant les cafards.

Elle ne dit rien. Elle boit son café, au bout de la table, l'air d'une étrangère au bistrot. Elle non plus n'est pas fraîche. Elle n'aurait pas oublié de mettre son fard et de couper les poils entre sa bouche et son nez si vraiment elle avait dormi comme le petit Jésus en culotte de velours, contre Monsieur Bob, après avoir avalé sa tisane de gratte-cul, une herbe qui porte un nom pharmaceutique où t'ose l'acheter : cynorhodon. Elle a de nouveau ses tics dans les sourcils et dans les muscles du cou, ses regards de chouette en bisbille avec son hibou. A l'Institution, les monos te l'enverraient tout droit à l'infirmerie. Charlie pourrait jurer qu'elle n'a pas fermé l'œil de la nuit, et presque jurer qu'elle a bien entendu les skins descendre à la cave. Et elle n'est pas venue.

Cinq mille francs. Dix-huit cents deutsche Marks... Et si la fin du monde est en retard ? Si Rita ne revient pas aussi sec ? Si le Bordeaux-Paris lui roule dessus.

Le soir, chez Mlle Irsch, il n'a pas soif pour le verre de château-lapompe au sirop d'orange. Il ne relave pas le verre en douce avant de mettre autant de sirop que d'eau. Il s'en sort en assurant qu'il n'a pas soif. Il ne peut tout de même pas mourir de soif à la même heure, tous les lundis soir, comme un train ponctuel au terminus. Mlle Irsch lui touche la main et sourit. Charlie dégage sa main. Mlle Irsch, sa peau ressemble aux pétales des vieilles fleurs, très roses et très blanches, et l'on se demande ce qui peut bien se passer en dessous. Il refuse aussi le carré de chocolat blanc. Au début, il croyait qu'elle se moquait de lui, mais ça plaisante pas la gourmandise d'une vieille demoiselle aveugle. Elle était une accro du chocolat blanc. Dans le tiroir de la commode, il y en avait plusieurs tablettes. Canne blanche et chocolat blanc. Il a raconté l'histoire au pavillon, exprès pour le skin, exprès pour lui servir à point la rigolade du Noir qui mange du chocolat blanc. Et ça n'a pas loupé, le skin l'a vanné. Monsieur Bob est resté plié de rire un bon moment.

Il n'est pas non plus d'humeur à peindre les grognards de Napoléon. Le pinceau dérape, il en met partout, sur le feutre vert, sur sa chemise. Il sent bien que Mlle Irsch, avec ses yeux morts, voit tout. C'est du travail salopé mais elle ne fait aucun reproche. Elle lit du bout des doigts à côté de la fenêtre et sa respiration chantonne.

« Mademoiselle Irsch, vous n'auriez pas cinq mille francs ?... »

Il ne pensait pas enclencher tout ce mécanisme en posant la question, et d'ailleurs il ne pensait pas non plus la poser. Mlle Irsch a souri. Elle s'est mise à parler d'un argent d'avant la guerre, ou de juste avant la guerre, et ce n'était pas grave après tout qu'une vieille demoiselle un peu zinzin s'embrouille les crayons, comme si Charlie n'était lui aussi qu'un vieil aveugle d'avant la guerre à même de comprendre les monnaies périmées. Il n'aurait pas dû s'énerver et lancer que c'était plus l'an quarante. Quand elle a compris tous les zéros dont il s'agissait, il n'avait jamais vu quelqu'un d'aussi blanc, et lui-même, à cet instant-là, s'il n'avait pas été d'origine africaine, il n'aurait pas manqué d'être aussi blanc que Mlle Irsch.

Ensuite elle a dit : « c'est une énorme somme », et elle a regardé Charlie, ce qui est une façon de parler. Disons qu'elle a tourné la tête et laissé partir son bouquin sur le plancher. Alors il a brodé d'urgence un mensonge qui lui est tombé du ciel à travers les nuages et qu'il aurait trouvé rudement génial et gouleyant si Rita ne s'était pas fait la malle avec cette putain de caisse et les deux nibars qu'il voulait tant soupeser.

« Mademoiselle Irsch... »

Il lui fallait cinq mille francs pour payer à sa mère un appareil à redresser les dents tordues, sinon c'était maladif, elles allaient pousser dans tous les sens et peut-être la tuer. Sa mère, elle n'avait pas les moyens d'avancer un aussi gros honoraire à la sécurité sociale, et celle-ci ne remboursait d'ailleurs que trente pour cent, à cause du déficit engendré par les abus des avaleurs de prestations sociales : des étrangers équipés de harems et d'enfants en bas âge qui coûtaient la peau des fesses aux contribuables. Le dentiste il était pas chien. Il pouvait aussi remanier les râteliers d'occasion, mais avec les dents en or bien garnies pour payer les frais.

Et voilà. Un mensonge, normalement, tout bien brodé qu'il soit, tout bien garni, ça reste un mensonge et ça foire en beauté. C'est pour ça que les gens vont en prison, ceux qui brodent et ceux qui disent la vérité avec une gueule à broder. Eh bien là, ça a marché. Mlle Irsch a fait une drôle de figure à part, dans sa planète à elle pour les aveugles, et sa tête a bien failli se décoller et lui tomber sur les genoux, tellement il y avait de plis roses d'accordéon sous le menton. Elle a murmuré d'une voix qui n'allait pas fort : « Je vais te faire un chèque, Charlie. Je suppose que tu ne connais pas le nom du dentiste et que je dois laisser l'ordre en blanc. »

Et lui : « Le nom c'est Monsieur Poulet, comme un poulet... »

Et elle : « Va pour Monsieur Poulet, Charlie. »

48

Il a rédigé le chèque. Elle a signé. Dans la rue, il s'est avisé qu'un chèque à l'ordre de M. Poulet ne ferait pas grand usage au groupe Zyklon soucieux d'acquérir du matériel nazi. Il est retourné glisser le chèque de Monsieur Poulet dans la boîte de Mademoiselle Irsch. Et aussi le billet de vingt francs pour s'excuser.

Il n'a plus rien pour payer son Bordeaux-Paris.

Il franchit à présent la grille du passage Hirtoff. Il aperçoit l'autre grille à l'extrémité. Entre les deux, le trottoir est luisant. Le bar Gino semble calme et rassurant, comme une chaumière au fond des bois pour les enfants perdus. Il fait noir, silencieux, désert. Le néon du poteau verse un clair de lune tremblotant. Charlie déteste sa peur. Il s'avance dans la rue en marmonnant : « C'est la fin du monde, c'est la fin du monde, Charlie... » Et plus il avance plus la trouille se prend pour la fin du monde et commence à tout déboulonner dans sa tête.

Il n'arrive pas à courir, et quand il sent son pantalon mouillé, une boule se brise dans sa gorge et dans ses yeux.

Quittant l'ombre de la façade en ruine, et se glissant dans le halo du réverbère, apparaît alors Mado qui le regarde venir, qui l'attend. Il se jette à son cou, et Mado laisse Charlie pleurer longtemps contre elle.

« Cochon menteur, dit-elle en se dégageant. Il n'y a personne pour t'attaquer, dis-moi... ah le cochon menteur, oh le cochon !

– J'te jure, Maman, j'te jure », dit Charlie qui pleure de plus belle.

Et Mado n'en revient pas de s'être fait bernée comme un bleu par Charlie, pourtant elle a le nez creux. Monsieur Bob a donc gagné son pari. Tant pis et tant mieux. Garanti sur facture, d'après lui, qu'il n'y avait pas plus d'agression passage Hirtoff que de beurre à la cambuse. Encore une chance qu'elle n'ait rien dit à Éric, c'était moins une. « Cochon menteur !... l'express Bordeaux-Paris !... Tu t'imagines, impulsif et loyal comme il est ?... Ah t'es pas béni, toi ! » Et les mots cheminaient dans sa voix, mécaniques, indifférents, comme des fourmis. Ils cheminaient mais c'était pas sa faute à elle. Elle ne les accompagnait nulle part. Elle ne savait même pas où ils allaient, d'où ils venaient.

« Heureusement qu'il n'y a personne. Pour fêter ça je t'emmène au conservatoire des Arts et Métiers mercredi après-midi. »

Cette nuit-là Charlie dormit comme une brute et le fantôme d'Éric ne troubla pas son sommeil.

VII

L E LENDEMAIN vit bel et bien la fin du monde.
Éric se pointa sur les coups de midi et demi au
pavillon, habillé non pas en skin, mais comme
tous les magasiniers du monde en civil. Sans épaulettes
et sans rembourrage, il était d'une humeur de chien qui
lui seyait à merveille, ayant tout du pitoyable roquet
repêché dans une mare, honteux d'exhiber une cage d'os
guère plus volumineuse qu'un panier à œufs. Il s'assit à la
cuisine, en face de Charlie. Du jamais vu. Charlie en
oublia ses grillados. Mado survint et par la fenêtre
informa Monsieur Bob du retour de son fils. Le pompier
rappliqua sans lâcher sa muselière à boules, et c'est lui,
c'est pas Mado, c'est lui qui posa la question : « Ben
qu'est-ce que tu fous là, mon grand ?... » Et Charlie
comprit alors que le skin était bien le fils unique de Monsieur Bob et Mado, le vrai fils de la famille, un morceau
de famille à lui seul, détaché de Monsieur Bob et Mado
comme un morceau de pain capable à tout moment de
regagner le pain d'origine. Et ce qu'il entrevoyait, par la
même occasion, c'est que lui ne l'était pas, leur fils, et que
son pain noir d'origine il pouvait faire une croix dessus. Il
ne valait guère mieux qu'un grillados de bœuf recons-
titué. Et ça l'a menacé pire que la mort au fond du sang le
plus reculé d'apprendre qu'un adopté vit seul, reste seul,
et ne peut jamais vraiment sortir de l'Institution puisqu'il
en est la cause, et que les murs autour de la tête on peut

espérer les escalader un jour ou les foutre en l'air mais pas ceux qu'on a dans la tête, autour du cerveau. « Et toi mange ! » a dit Mado, mais il n'a pas mangé. Ils se sont expliqués devant lui comme ils l'auraient fait devant un grillados, et Mado pour une fois faisait sa teigne en répétant : « Mange et boucle-la. Si tu manges pas c'est pour Éric. »

L'explication s'est mis à durer galère et Charlie n'osait pas sortir. Mado poussait des soupirs qui lui vidaient à chaque fois tout l'air des poumons, les plus grands que Charlie se soit permis d'imaginer, un peu comme la méduse géante étalée l'autre jour sur les fougères en plastique du poissonnier. La veille, Éric s'était fait arrêter par la police au Franprix, une police appartenant au gratin des bleus, mieux habillée, plus distinguée disait Mado : la gendarmerie. On aurait pu penser qu'Éric, chef du service d'ordre anti-métèques et du groupe Zyklon, il aurait joui de certaines fleurs auprès des gendarmes mais ils ont commis la bavure de l'embarquer, menottes aux poignets, devant les autres magasiniers du Franprix, devant la nettoyeuse de camions, devant le directeur du magasin, devant l'Arabe du parking et devant la clientèle attroupée. On aurait pu penser aussi qu'il ne brodait jamais, le skin, et qu'il avait à cœur d'appliquer la justice à tout moment dans un monde vérolé par les étrangers du sud, mais les gendarmes lui ont démontré le contraire, en moins que rien. Monsieur Éric Bougran ? C'est moi. Résidant 6, allée Ducouëdic à Néry ? C'est moi. Né le 3 avril 1975 ? C'est moi. Tout était lui. C'était lui qui posait les lapins aux examinateurs de l'armée française, trois lapins en trois mois. C'était lui qu'ils avaient mission d'amener au fort de Vincennes, en vue du conseil de révision. Enfin c'était lui qu'on flanquerait sur la paille aussitôt qu'il aurait sa feuille de route et son paquetage, avec le grade d'insoumis.

Ensuite Éric a mangé les deux crèmes au caramel de

Charlie que Charlie dévore d'habitude à une vitesse d'escargot, pour que ça ne finisse jamais, mais il n'a toujours pas faim. Il comprenait de mieux en mieux sa position de grillados au sein de la famille Bougran. Si les skins ne l'avaient pas attaqué la veille au soir c'est que leur chef était au conseil de révision comme insoumis. Si Mado l'attendait passage Hirtoff, c'est qu'elle commençait à avoir les foies qui grenouillaient rapport aux voisins et à sa réputation d'infirmière en or, patronne des vieillards autorisés à la sonner de jour comme de nuit pour clamper leurs tuyaux qui les font pisser à l'aise. Et ça, tout ça, résonnait dans la poitrine de Charlie, tout ça le mettait en cage et le menaçait pire que la mort.

Au bout de l'explication que Monsieur Bob arrachait au skin en répétant « et après, et après », Éric a tordu sa bouche auréolée de caramel et il a posé sa tête entre ses avant-bras.

« Et après ! » a dit Monsieur Bob.

Après, le skin pleurait sur les manches de son blouson, il pleurait sous les yeux du nègre, la honte suprême, et c'est d'une voix de fille qu'il a bafouillé cette nouvelle accablante : « je suis réformé ».

C'était la fin du monde et Charlie s'en est aperçu le soir même. Monsieur Bob et Mado sont descendus le voir au sous-sol et ils ont refermé la porte, sans bruit. Ils se sont assis sur le lit. Ils avaient l'air très ensemble, et dans leurs yeux glissait le même regard fuyant. Comme s'ils l'avaient partagé avant d'entrer. Deux voleurs à la vie à la mort. Charlie s'est mis sur le tabouret pour être à leur hauteur. Il s'est rappelé la première fois qu'il les avait vus dans sa chambre, à l'Institution. On aurait dit un animal à deux têtes, à deux bouches, et à un seul regard, avec aussi Monsieur Bob qui vérifiait les ressorts du lit. On aurait dit qu'ils se croyaient chez un photographe de vieux souvenirs.

C'était la fois d'avant qui revenait, pour tout défaire :

enlever les dessins des murs, déclouer la frisette à la résine, oublier le pensionnaire du sous-sol, et reprendre le chemin du passé qui ne saignait pas, ne hurlait pas. Il se bornait à durer de nouveau, comme autrefois.

« On t'avait prévenu, Charlie.

– De quoi ? »

Le regard de Mado glissait dans les yeux de Monsieur Bob, revenait dans les siens, repartait, comme le néon sur les croix vertes des pharmacies.

« On espérait que ça collerait. Tu brodes, Charlie, tu brodes. Et jusqu'où tu vas broder comme ça ? A l'adolescence on aura des pépins.

– Qu'est-ce que j'ai fait ?

– A l'Institution ils sont équipés. Nous, on est trop vieux. Ne dis pas qu'on ne t'a pas prévenu. Y'avait pas d'obligation. »

Le regard de Mado s'élargissait, s'amenuisait, palpitait, comme le néon.

« Monsieur Valentin n'est pas d'accord, se défend Charlie. D'ailleurs c'est pas légal.

– Avec ça qu'il n'est pas d'accord ! dit Mado. Légal ? Il vient te chercher après-demain. »

Elle a regardé les pieds de Charlie et Monsieur Bob en a fait autant.

« Après le coup d'hier soir, tu comprends... Monsieur Bob n'a plus confiance et moi non plus.

– Quel coup d'hier soir ?

– Ne fais pas l'idiot.

– Vous avez pas le droit de me couper mon année scolaire. »

Mado a regardé Monsieur Bob. « C'est pour ton bien, Charlie, qu'est-ce que tu veux, mon grand, t'es pas béni ! »

C'est pas plus con que ça, la fin du monde.

VIII

EH OUAIS ! c'est carrément superflu d'y voir clair quand les autres ont décidé qu'ils te remettraient ta boue dans les yeux jusqu'à ce que t'apprennes à les garder fermés, comme Mademoiselle Irsch. Pour ton bien, Charlie. Pour arrêter les frais, fiston. Pour que ce soit plus le déficit à tous les niveaux. Le déficit, Charlie, ton bien. Les choses n'ont fait qu'aller au plus mal depuis ton arrivée. C'est le moment où jamais de limiter les dégâts. La vie, c'est pas toujours un déficit, et toi non plus Charlie, surtout quand on est jeune et bien encadré par des spécialistes. Chacun son métier. Ton bien, Charlie, ton bien. Eux, Monsieur Bob et Mado, qu'ils restent seuls, c'est la fatalité, la loi, le bout du rouleau. Eux, c'est des retraités en cours de vieillesse, ils comptent pour du vieux beurre de cuisine et faut pas toujours penser qu'à soi, Charlie. Ton bien, fiston. Allez...

Et d'Éric, pas un mot. Top secret, le fils du sang.

A présent qu'il se sait réformé, le skin ne veut plus quitter la maison ni papa-maman ni son attirail à croix gammée. Il ne fera pas son temps sous les drapeaux français, il ne suivra pas le stage de baroudeur à Châlons, il ne rempilera pas dans les commandos de chasse, il n'avancera pas au pas cadencé, godasses et matraque astiquées, luisant de partout, sus aux manifestants rebelles. Il ne cassera pas du noir et du moins noir, du métèque et du moins. Il ne matraquera pas sur le tas, et

55

pour la bonne cause, les crânes de ces salopards avant qu'ils ne s'égaillent émigrants chez nous, les poux ! les rats ! – Bien haut la matraque ! plus haut ! Rabattez sec. Avec tout le poids du corps, les gars. La pêche, les gars, la pêche ! Un en haut, deux en bas. Tout le poids du corps. Ça pète comme des noix, ces crânes-là. Rabattez sec. Et le genou à fond dans les couilles, en avançant. Un coup suffit. Un en haut, deux en bas. Qu'ils pissent le sang, ces fumiers. Leurs femmes ont un beau cul, z'avez vu ? A fond dans les couilles. C'est bien, ça pisse. On les baisera toutes.

Réformé, vexé, choqué, le voilà sur le point de réformer à son tour divers projets bancals, à commencer par son mariage avec la nympho du Franprix. Il faut dire qu'il ne lui promettait pas la moitié du Pérou, à Jacotte, rien de moins qu'un chromo pour midinette de bordel : palmiers à gogo, nuits bleues et nostalgies coloniales, larbins mielleux, doigts de pied en éventail au bord de l'oasis, et chaque soir le coup de bec fumant du guerrier qui t'en met plein la peau, salope ! à fond. Après les manifestants : la salope ! Un coup en arrière, un autre en avant, et vlan ! Plus fort. Bien en main, le cul. Avec tout le poids du corps. On la baisera toute.

Sur une fesse de Jacotte, c'est tatoué : E comme Érik. Sur l'autre : S comme SS, comme Svastika. Au-dessus des poils du grouf : Z comme Zyklon, les gaz, hé hé. La virer avant qu'elle ne l'ait viré, couille molle déclassée, sous-homme, sous-rat.

Quant à Charlie, c'est pas vraiment pour son bien qu'il veut l'éliminer, mais pour conserver au groupe Zyklon sa légitimité, sa force, en écartant le sous-témoin des malheurs de son chef. C'est parce que le nègre sait tout. Le nègre l'a vu perdre la face et pleurer, lui, ÉRIK, le führer de Néry-Village.

Et si jamais ça le reprend.

IX

A L'AUBE Charlie quittait le pavillon sans prévenir et courait à la librairie *le Monde et ses Publications*. Le givre blanchissait la rue. La vieille était déjà dehors, en chaussons, garnissant les présentoirs, une plume de buée sur la bouche. Eh non, la caisse volée n'avait toujours pas refait surface et la voleuse non plus, parbleu. Charlie se représenta le couple des nibars de Rita comme un couple de marsouins fugueurs ayant repris sa liberté, loin des institutions où l'on maintient en veilleuse, pas seulement les orphelins, mais tous ceux qui n'ont pas encore le même âge que les autres et pas les mêmes rêves.

« Et qu'est-ce que tu lui veux, à Marlène. C'est pas des fréquentations pour toi. Elle m'a piqué sept cents balles. »

Voilà qu'elle s'appelait Marlène, maintenant. Sept cents francs. S'il était plus courageux il retournerait demander à Mlle Irsch le chèque de M. Poulet.

A la Caisse d'épargne ils refusèrent de lui donner ses deux cents francs du livret A parce qu'il était mineur. Charlie cria les yeux au ciel qu'ils étaient tous des voleurs et que si c'était mal vu d'être un nègre en société, ça ne l'était pas d'être un mineur, d'ailleurs c'était pour l'écureuil qu'il venait ici. Dans ces conditions il allait prévenir le service d'ordre anti-métèque dirigé par son frère Éric, et il viendrait tout casser, tout brûler, il prendrait tout l'argent.

Il traversa Néry-Village jusqu'à Néry-le-Neuf où se trouvait le Malibu-Vidéos. Quand il n'eut plus d'argent il se rendit au bord de l'autoroute et regarda passer les cent mille voitures de la circulation vers le sud de la France. Et toutes les cent mille voitures, un gros camion débordait sur la voie qui part en biais et remontait l'échangeur en direction de Néry, pour livrer des pièces détachées au centre commercial. A la nuit noire, il était toujours assis sur la borne du kilométrage 27. Il était temps d'aller se livrer au groupe Zyklon, comme prévu, comme dans la fable du nègre et du skinhead, avec le bon motif qu'il s'était juré ses grands dieux de ne jamais retourner vivant à l'Institution.

L'express Bordeaux-Paris passait à neuf heures et quart, tiré par une motrice grise et orange dont l'avant fait comme le maillot de bain d'une fille entre ses cuisses. Éric se trompait pour l'express Bordeaux-Paris. C'était un rapide. Ça irait plus vite, tout à l'heure. Avec tous les wagons derrière, il n'aurait pas mal.

Et ce fut un soulagement pour lui d'arriver passage Hirtoff sans rien avoir dans le ventre qui ressemble à la peur, tellement il était triste et tellement il savait pourquoi. Le déficit il est là pense Charlie, en franchissant la grille, et ça lui donne le vertige. Pourquoi il s'est empêché de vivre ? Pourquoi il ne les a pas soupesés en douce, les nibars de Marlène, entre le présentoir *Ouest-France* et celui du *Monde et ses Publications*. Pourquoi ça c'est toujours passé dans son rêve ? Maintenant lui reste le regret total d'aller dormir en tout bien tout honneur sous un train qui roule à deux cents à l'heure, et qui ramène au terminus des flopées de nibars indifférents à son malheur, bien calfeutrés dans leurs nids, et que d'autres soupèseront mais pas lui, jamais.

Deux lui auraient suffi. Un seul.

Quand il arrive au bar du rital il ne voit personne et les tables sont chavirées, les chaises ont les pieds en l'air, il y a des verres à moitié bus sur le comptoir et d'autres cassés par terre. La voix d'Édith Piaf résonne en sourdine, indéfiniment, répétant qu'elle attendra toujours ton retour.

Charlie tressaille en entendant craquer le verre sous ses pieds.

A la cuisine, derrière le bar, passé les filaments à perles, il voit le feutre noir du rital sur le sol, il voit le rital étalé sur le sol en train de considérer son chapeau comme s'il hésitait à le demander en mariage, il voit des billets sur la table à côté d'un bocal de cornichons renversé. Puis il voit Marlène, tremblante, appuyée contre un fourneau les deux poings sur la bouche.

« Ils l'ont tué », dit Marlène.

Un gémissement s'échappe entre ses doigts, si chantant qu'elle a l'air de faire un concert à deux avec Edith Piaf et d'attendre en vain ton retour.

X

E T PERSONNE au pavillon n'aurait eu la décence de couper la télé. Juste le son. Mado s'est énervée sur la commande qui ne réagit plus qu'une fois sur deux, et couic, en disant merde ! merde ! merde !

Ils sont six avec le téléviseur, réunis autour de la table, et tellement concentrés qu'elle devrait se mettre à tourner. Mado fait un concours de tics à elle seule, en vue d'arrondir ses fins de mois ou d'attendrir Charlie. C'est lui qui parle, ce soir, et malgré sa tremblote il n'est pas embarrassé pour trouver les mots ni pour dégeler une explication qui pourrait le rendre fou furieux si quelqu'un l'interrompait. Éric a mieux à faire et quand il aura mangé tous ses ongles arrosés de chagrin, peut-être qu'il se laissera toucher un mot de l'ampleur des dégâts. C'est à Monsieur Bob que Charlie s'adresse, suivant la coutume au pavillon, et sa voix remonte après dans l'oreille de Mado. Il a l'air effondré, Monsieur Bob, il ne manque pas de toupet. Charlie ne lui dit que des choses rassurantes et n'importe qui serait heureux de les entendre à sa place. Il dit à Monsieur Bob que Marlène est tombée dans les pattes du groupe Zyklon, et qu'elle ne s'est servie dans la caisse de la librairie que pour sauver sa peau. Il dit qu'elle va rendre l'argent comme il a rendu lui-même le chèque de M. Poulet. Il dit qu'Éric a tué le rital du passage Hirtoff au cours d'une simulation d'assassinat mal interprétée par le cadavre, maintenant c'est un vrai mort, le rital. Il

60

dit qu'il fait partie de la famille et qu'il ne retournera jamais à l'Institution. De même il ne caftera rien aux voisins, rien aux policiers, rien à personne. Il n'a rien vu, rien entendu, il a passé la soirée avec Éric à jouer au poker. Il dit qu'il est partant pour une adoption officielle en bonne et due forme à partir de demain à la première heure. Il dit qu'il a faim bien qu'il ait vu un mort pour la première fois de sa vie. Il dit qu'il répond de Rita qui s'appelle aussi Marlène et qui n'est pas une voleuse en dépit des apparences. Il dit que Rita ne sait pas où aller ce soir et qu'elle va dormir au sous-sol.

Et cette nuit-là Charlie sut enfin qu'il était béni.

Épilogue

CELA est l'histoire de Charlie Sanzor, racontée à Charlie par Charlie, la nuit, quelques minutes avant que les pompiers des premiers secours, alertés par Mado, ne viennent ramasser à la cave son corps sans vie. Il avait reçu une balle de Luger au foie. Son poing gauche était fermé sur un billet de vingt francs.

Mado, bien obligée, se constitua partie civile : contre X. Éric fut mis à l'examen.

A la question de savoir s'il était raciste, Éric répondit au président du Tribunal : « Le nègre, il l'était plus que moi. C'est eux les racistes... »

Le président le pria de ne plus dire « le nègre ».

« Et comment j' fais pour Charlie ? Monsieur le nègre ? »

La séance fut suspendue pendant une heure.

A la question sur l'attirail nazi qu'il entassait chez lui, le skin répondit : « C'est du bon matériel, les Allemands. Pourquoi vous croyez qu'on fait l'Airbus avec eux ? et même la fusée Ariane. On leur a piqué tous leurs savants, après la guerre. On aurait bien piqué ceux des nègres, mais ils en ont pas. »

La séance fut suspendue.

Il jura sur la Bible qu'il n'avait pas eu l'intention de donner la mort à Charlie. Mado confirma que, le soir de l'accident, son fils adoptif était censé travailler chez Mlle Irsch et son fils Éric faisait du tir au sous-sol.

En se rendant à la barre, Marlène croisa le regard d'Éric. A toutes les questions elle répondit qu'elle n'était au courant de rien.

Pas pris, pas vu, non-lieu. Éric fut relâché.

Libre, il s'arrêta pour boire un verre avec Mado au bar du Valençay, devant le Palais de Justice.

« Il me manque déjà. Ce serait à refaire... »

Il but une gorgée de bière.

« ... au lieu d'une balle, j'y en collerais deux. »

Il jeta sur le zinc un billet de vingt francs et sourit. « Merci, le nègre... »

Tout arrive, tout a une fin, tout est accident.

ACHEVÉ D'IMPRIMER EN NOVEMBRE 1993
SUR LES PRESSES DE L'IMPRIMERIE HÉRISSEY
POUR LE COMPTE DE FRANCE LOISIRS
123, BOULEVARD DE GRENELLE, PARIS

Dépôt légal : novembre 1993
N° d'éditeur : 23149 – N° d'imprimeur : 63491
Imprimé en France